HISTOIRES ET CAUSERIES

MORALES ET INSTRUCTIVES

À L'USAGE

DES JEUNES FILLES CHRÉTIENNES,

PAR

M. LAURENT DE JUSSIEU.

DEUXIÈME PARTIE

PARIS,

DEZOBRY, E. MAGDELEINE ET C°, LIB.-ÉDITEURS,
Rue du Cloître-Saint-Benoît, 10
(Quartier de la Sorbonne)

Coulommmiers. — Imprimerie de A. MOUSSIN. — 1857.

HISTOIRES et CAUSERIES

MORALES ET INSTRUCTIVES

A L'USAGE

DES JEUNES FILLES CHRÉTIENNES,

PAR

M. LAURENT DE JUSSIEU.

DEUXIÈME PARTIE.

PARIS,

DEZOBRY, E. MAGDELEINE ET Cᵉ, LIB.-ÉDITEURS,

Rue du Cloître-Saint-Benoît, 10

(Quartier de la Sorbonne).

HISTOIRES ET CAUSERIES

MORALES ET INSTRUCTIVES,

A L'USAGE

DES JEUNES FILLES CHRÉTIENNES.

DEUXIÈME PARTIE.

Sainte Clotilde.

Clotilde, choisie par Dieu, dans les merveilleux desseins de sa Providence, pour initier les Francs à la foi chrétienne, avait reçu en don tout ce qui charme et subjugue les hommes. Issue de race royale, belle entre toutes ses compagnes, brillant dès ses plus jeunes années d'une sagesse consommée, heureuse entre toutes les reines, elle eut la première l'insigne honneur de s'asseoir sur le trône de France à côté d'un monarque chrétien, et la gloire bien plus grande encore d'avoir elle-même, en dessillant les yeux du roi son époux, hâté le lever du soleil du christianisme sur la terre gauloise.

Clotilde était fille de Chilpéric, frère de Gondebaud, roi des Bourguignons. Ce dernier, prince ambitieux et cruel, trempa ses mains barbares dans le sang de son frère, de sa belle-sœur et de leurs enfants. Il n'épargna que les deux filles de Chilpéric, toutes deux d'une rare beauté, et peu redoutables à cause de leur extrême jeunesse. L'aînée fut renfermée dans un monastère, et Clotilde resta à la cour de son oncle, où, bien que vivant parmi les hérétiques ariens, elle eut le bonheur d'être élevée dans la foi catholique. Les principes qu'on lui inspira dès le berceau firent sur son âme de profondes impressions. Elle apprit de bonne heure à mépriser le monde et les vains plaisirs, et ses sentiments ne firent que s'accroître par la pratique habituelle des exercices de piété. On admirait en elle un heureux assemblage de toutes les vertus. La sagesse qui reposait sur ses lèvres émerveillait les vieillards. « Elle vivait, dit un vieil historien, en grande retenue et modestie, pitoyable aux indigents et souffreteux, plus assidue aux oraisons que coutumière des festes. » Son esprit, sa beauté, sa douceur, lui acquirent une réputation qui pénétra bientôt dans les royaumes voisins.

Clovis I⁶ʳ, roi des Francs, fit demander la princesse Clotilde en mariage à son oncle Gondebaud. Il obtint ce qu'il demandait, mais après avoir promis que la nouvelle reine aurait la liberté de professer sa religion. Le mariage fut célébré solennellement à Soissons, en 493.

Ce fut alors qu'on vit un édifiant et touchant spectacle : une reine jeune et belle, entourée de tous les hommages qui environnent le trône des souverains, ne parut élevée au faîte des grandeurs que pour y donner l'exemple des plus hautes vertus chrétiennes, et gagner à la foi du Christ des millions d'âmes plongées encore dans les ténèbres de l'erreur. Une vive et ardente piété animait toutes ses actions. Sa charité pour les pauvres lui faisait répandre dans leur sein des aumônes abondantes. Elle s'était ménagé dans le palais du roi un petit oratoire, où elle passait un temps considérable en prières. Attentive à veiller sur les femmes de sa suite, elle leur apprenait à se conduire en tout avec sagesse et dignité.

Elle ne manquait à aucune des bienséances de son rang. Soigneuse de plaire à son époux, elle s'efforçait de gagner son affection, en se conformant à ses idées et à ses goûts dans les choses qui ne touchaient point à sa propre croyance. Mais d'autres fois aussi elle tâchait d'opposer la douceur chrétienne aux mouvements impétueux du caractère violent de Clovis. Elle se rendait ainsi de plus en plus maîtresse de son cœur, et préparait, comme à son insu, le grand œuvre de sa conversion qui, dès les premiers jours de leur union, était devenue la pensée dominante de son âme. Elle lui parlait souvent de la vanité ridicule des idoles, et de l'excellence de la religion chrétienne. Le roi l'écoutait toujours avec plaisir ; mais le moment n'était pas encore venu pour lui d'embrasser la vérité. Il permit cependant, par condescendance pour la pieuse reine, que le premier fruit de leur mariage reçût le baptême ; mais Dieu, pour éprouver la foi de sa fidèle Servante, permit à son tour que ce même enfant mourût peu de jours après. Son père, qui ne l'avait vu qu'avec peine présenter aux fonts baptismaux, s'écriait dans l'amertume de sa douleur : « Femme, les dieux de ma nation m'ont châtié, parce que nous leur avons dérobé notre fils. — Que le vrai Dieu mon seigneur soit béni ! répondait Clotilde, parce qu'il a daigné appeler notre enfant dans le séjour des bienheureux. »

Clotilde devint mère d'un second fils qu'elle fit encore baptiser. Quelques jours après l'enfant tomba dangereusement malade. Le roi se livra alors aux plus violents transports de colère. Clotilde, pleine de confiance en Dieu, lui adressa de ferventes prières. Elle fut exaucée et obtint la guérison de son fils. Le roi se calma et reconnut le pouvoir du Dieu des

chrétiens. Mais une occasion solennelle se présenta
bientôt, où le monarque franc devait reconnaître
avec plus d'évidence cette puissance du Dieu véritable, et tomber à genoux pour l'adorer.

Le roi Clovis livrait une bataille aux Allemands,
dans les champs de Tolbiac, près de Cologne. Le
désordre s'était mis dans son armée. Enveloppé par
les bataillons ennemis, désespérant de son épée et
de ses dieux, qu'il appelait en vain à son secours, le
prince s'écria soudain : « Dieu de Clotilde, à moi la
victoire, et je t'adore. » Aussitôt tout change de
face : les fuyards se rallient, le combat recommence,
les Allemands, d'abord vainqueurs, sont vaincus à
leur tour, et Clovis triomphe. Fidèle à accomplir son
vœu, le prince victorieux se laissa conduire par
Clotilde vers le saint évêque Remy qui se chargea
de l'instruire dans la religion chrétienne ; et bientôt
après, dans l'église de Reims, le monarque franc,
devenu premier roi très-chrétien, courbait sa tête
altière sous la bénédiction d'un saint vieillard, jurant
de « brûler ce qu'il avait adoré, et d'adorer ce qu'il
avait brûlé. » Clotilde, transportée de joie, fit rendre à Dieu de solennelles actions de grâces pour la
conversion de son époux. Il était alors le seul roi
catholique qu'il y eût dans l'empire, tant d'Orient
que d'Occident.

Ainsi se trouvaient couronnés les vœux et les efforts de la reine Clotilde. La pieuse princesse n'eut
garde de manquer aux devoirs que lui imposait la
reconnaissance. On la vit empressée et soigneuse de
porter son époux à des actions où la gloire de Dieu
et l'honneur de l'Église se trouvaient intéressés. Ce
fut par ses conseils que Clovis fonda sur l'une des
collines qui dominent Paris, la grande église de
Saint-Pierre et de Saint-Paul, dite dans la suite de

Sainte-Geneviève. C'est dans cette église que fut enseveli ce prince, lorsqu'il mourut, à l'âge de quarante-cinq ans, en l'année cinq cent onze.

Après sa mort, de cruelles divisions éclatèrent entre ses enfants. Ils s'armèrent les uns contre les autres, et Clotilde, leur mère, fit de vains efforts pour les réconcilier. Nous n'avons point ici à faire l'histoire de ces tristes et barbares collisions. Clotilde abreuvée de douleurs maternelles se retira à Tours, ayant dépouillé tout éclat et tout signe de grandeur. Là elle employait sa vie à faire des aumônes et à soigner de ses propres mains les pauvres et les infirmes. Elle était montée au trône avec simplicité; elle y avait accompli une mission divine; elle en descendit le cœur et les mains remplis de charité. Ce fut avec cette vertu qu'elle adoucit les épreuves qu'il plut à Dieu de lui envoyer, et qu'elle accepta avec résignation.

Un soir qu'elle priait avec une ferveur extraordinaire, la royale veuve entendit une voix dans son cœur lui annoncer une heureuse nouvelle; cette voix lui dit qu'avant que trente soleils nouveaux eussent éclairé le monde, la reine de France aurait passé à une vie meilleure. Dès lors, la vertueuse Clotilde se prépara, par les plus vifs élans de piété, à ce passage de la terre aux cieux. Elle voulut encore voir ses fils, les exhorter à la paix, au service et à la crainte de Dieu, puis elle ne s'occupa plus que des choses de l'éternité. Le trentième jour de sa maladie, après avoir reçu le pain des élus, et fait une profession publique de sa foi, elle rendit doucement son dernier soupir dans le sein du Dieu qu'elle avait toujours servi et qui allait être lui-même sa récompense.

Le corps de la reine Clotilde fut enseveli, d'après

son désir, dans l'église de Saint-Pierre et Saint-Paul, à côte de celui de Clovis, et au pied du tombeau de sainte Geneviève. C'est là que ses restes reposèrent longtemps près du monarque qu'elle avait gagné à la foi, et de l'humble vierge de Nanterre, qu'elle avait connue, qu'elle avait aimée. Grande reine et simple bergère, deux sœurs dans le ciel, deux saintes protectrices de la capitale, de l'empire très-chrétien !

Le chapelet.

Je suppose, mes chères enfants, que chacune de vous a son chapelet, et j'aime à croire qu'il n'est pas pour vous un simple jouet ou une vaine parure, mais bien un objet sérieux de dévotion et de prière. Peut-être, cependant, ne le dites-vous encore que par une sorte d'habitude et un peu machinalement, sans avoir réfléchi au caractère humble et grand de cette prière si simple et si ingénue. Je voudrais appeler un moment votre attention sur ce sujet, vous faire comprendre ce qu'il y a de beau, de doux et d'élevé dans la candide institution du chapelet, et vous mettre en mesure de répondre à certaines personnes disposées à la dédaigner, à trouver monotone et fatigante cette répétition prolongée des mêmes oraisons.

Le chapelet consiste, en effet, comme vous le savez, à répéter cinq fois l'oraison dominicale et cinquante fois la salutation angélique. Il est un abrégé du rosaire inventé par saint Dominique dans les premières années du treizième siècle, et dans lequel on répète quinze fois le *Pater* et cent cinquante fois l'*Ave Maria*. Dans l'intention du saint fondateur, ces quinze dizaines ont eu pour objet d'honorer les quinze principaux mystères que présentent la vie, les souffrances et la glorification du Sauveur et de sa divine Mère. Cette méthode, cette forme d'adoration et de prière est facile à saisir et accessible à tous les esprits; elle édifie les plus simples, et fournit aux parfaits le moyen de s'élever à la plus sublime contemplation. Quoi de plus utile que de méditer les mystères si édifiants de la vie et des douleurs de Jésus-Christ, de la vie et des douleurs de sa sainte Mère? D'ailleurs, peut-il être une plus excellente prière que celle que le divin Maître a bien voulu nous enseigner lui-même? Ne contient-elle pas, en quelques paroles, et de la manière la plus simple et la plus touchante, tout ce que nous pouvons demander à Dieu et espérer de lui sur la terre? Quant à la salutation angélique, elle est de la composition de l'Esprit saint qui a dicté les paroles prononcées par l'archange Gabriel, et que nous empruntons pour louer les mystères de l'incarnation et de la rédemption. Quand la pensée se reporte sur tout ce qui se rattache aux paroles de ces deux oraisons, est-il possible de ne pas sentir ce qu'il y a de grand et de saint dans la pratique du rosaire, de cette prière qui est à la portée des plus humbles esprits, qui n'est pas au-dessous des plus éminents, et qui établit une communion de foi et d'humilité entre les uns et les autres?

Il est rapporté, dans l'histoire de *Port-Royal des Champs*, que M. Lemaître de Sacy, l'un des solitaires les plus savants et les plus pénitents, bêchait la terre, sciait les blés, faisait les foins par la chaleur du midi, et se ressuyait, *son chapelet en main*, au soleil, puis se replongeait au sortir de ces travaux manuels, et après cette prière, dans l'étude opiniâtre de l'hébreu, et des saints Pères.

Lorsqu'en 1638 les solitaires furent forcés de quitter Port-Royal, ils se retirèrent à La Ferté-Milon, et là continuèrent exactement leur genre de vie, restant isolés et ermites autant qu'ils le pouvaient, et ne sortant que pour aller à la messe les jours de fête. Durant l'été de 1639, ils allaient, toutefois, après le souper, régulièrement prendre l'air sur la montagne qui domine la petite ville, et là s'entretenaient de bonnes choses, dit un de leurs historiens : « Il fallait passer un petit bout de la ville pour sortir ; néanmoins nous ne parlions jamais à personne, et quand nous revenions vers les neuf heures, nous allions l'un après l'autre, *disant notre chapelet.* Tout le monde qui était aux portes, comme on l'est en été, se levait par respect pour nous saluer, et faisait grand silence pour nous laisser passer... »

M. Arnault, un des hommes les plus savants qui aient existé, et si simple en même temps, a toujours porté un chapelet sur lui, et n'a guère passé de jours en sa vie sans le réciter.

Le Père de La Rue a rapporté lui-même ce trait : Admis un jour à l'audience particulière de Louis XIV, il le trouva récitant son chapelet, formé de gros grains. Le Père, témoignant une grande surprise, accompagnée de sentiments respectueux d'édification : « Ne soyez pas tant surpris, lui dit le roi, je me fais gloire de dire mon chapelet ; c'est une pratique que je tiens de la reine ma mère, et je serais fâché de manquer un seul jour sans m'en acquitter. »

On voit encore à Florence, dans la maison de Michel-Ange, le plus grand des artistes, habitée aujourd'hui par un de ses descendants, une pièce appelée sa chapelle, et dans cette chapelle, de grands rosaires qui lui ont appartenu, dit-on, et qu'il avait coutume d'emporter dans ses voyages.

Voilà des hommes éminents, de grands esprits, qui n'avaient pas le triste orgueil de trouver la pratique du chapelet trop simple pour eux, parce qu'ils savaient bien que rien n'est à dédaigner de ce qui nourrit la foi. Mais pour celui qui ne sait pas lire, par quoi remplacer son chappelet, si on le lui ôtait? Son chapelet, c'est son livre, c'est son Évangile, c'est toute sa science. Il y trouve tout, en effet, tout ce qui est indispensable au cœur et à l'esprit du chrétien. L'oraison dominicale qui renferme tous ses besoins, qui répond à toutes ses pensées. Un cœur simple, mais rempli d'amour, la commente de mille manières ; elle se prête à toutes les inspirations de la piété la plus tendre, la plus humble, la plus élevée.

Le Père Lejeune, missionnaire célèbre sous Louis XIII, demandait à un petit pâtre qu'il rencontra dans les champs, quelle prière il avait coutume de faire. L'enfant lui répondit : « Je dis, soir et matin, *Notre Père*, et voilà tout. — Pourquoi n'achevez-vous pas l'oraison dominicale? — Parce qu'à ces mots, je me représente toute la bonté, toute la tendresse d'un père... Je me dis : comment! je suis le fils de Dieu, moi pauvre gardeur de moutons! J'ai pour père celui qui créa le ciel et la terre d'une parole, celui qui fixa au ciel ces millions d'étoiles que je vois le soir en ramenant mon troupeau!..... Mais ce n'est pas seulement mon père, c'est celui de mes semblables, c'est *notre Père* à tous ; et alors, je me mets à rêver, à pleurer, et je ne puis dire autre chose. »

Voyez, mes enfants, que de choses trouvait ce petit pâtre seulement dans le premier mot de la divine prière !

Quant à la salutation angélique, que l'on récite,

comme je vous l'ai dit, pour honorer la Sainte-Vierge dans ses joies, dans ses douleurs et dans sa gloire, la récitation continuelle de cette même prière, quand elle ne s'arrête pas aux lèvres mais qu'elle part du cœur, nous obtient, selon saint Bernard, une foule de grâces. « Pensez à Marie, disait-il, dans vos périls, dans vos angoisses, dans vos tentations ; qu'elle ne quitte point votre bouche, qu'elle ne sorte jamais de votre cœur ; et pour que votre prière soit exaucée, ayez toujours en vue l'exemple de sa vie. Vous ne vous égarerez point en la suivant ; vous ne désespérerez point en l'invoquant ; vous ne pouvez vous tromper en pensant à elle. Attaché à la Vierge, rien ne peut vous renverser ; protégé par elle, vous n'avez rien à craindre, elle vous guide, et la route est sans fatigue, elle vous est propice et vous atteignez le but. »

Si l'homme privé d'instruction, si la pauvre femme qui ne sait pas lire, si la jeune fille qui ignore encore tant de choses, ne peuvent pas s'exprimer comme saint Bernard, ils peuvent sentir, être consolés et espérer comme lui.

Je vous disais tout à l'heure le commentaire d'un simple petit garçon sur le premier mot de l'oraison dominicale ; voici celui d'un savant abbé (1) sur le premier mot de la salutation angélique :

« Quand je dis à Marie *Ave*, je lui dis : je vous félicite et je me réjouis de ce que de toute éternité vous avez été choisie de Dieu pour être élevée à la plus haute dignité à laquelle une créature puisse parvenir ; de ce que vous avez été distinguée de la masse de perdition, et préservée du péché originel ; de ce que, depuis le premier moment de votre être

---

(1) L'abbé Duquesne.

jusqu'au dernier de vos jours, vous n'avez cessé de croître en mérite et en grâce devant Dieu.

« Quand je dis à Marie *Ave,* je lui dis : je vous félicite et je me réjouis de ce que le Seigneur est avec vous, non-seulement comme il est avec toutes les créatures par son concours, comme il est avec les pauvres par sa providence, comme il est avec les pécheurs par sa grâce actuelle, comme il est avec les justes par sa grâce sanctifiante, comme il est avec l'Église par son assistance, comme il est avec les bienheureux par la participation de sa gloire, comme il est dans ceux qui le reçoivent à la sainte table par sa présence réelle, mais de ce qu'il y est par son incorporation avec vous, en ne recevant, pendant neuf mois, son accroissement que de votre propre existence.

« Quand je dis à Marie *Ave,* je lui dis : je vous félicite et je me réjouis de ce que dans le ciel vous êtes si élevée, qu'il n'y a rien entre Dieu et vous ; de ce que votre trône y est placé au-dessus de tous les chœurs des anges, de ce que vous y êtes établie la reine des cieux ; de ce que vous y avez tout accès, tout crédit, tout pouvoir auprès de Dieu.

« Enfin, quand je dis *Ave,* c'est Marie que je révère, mais c'est aussi pour moi-même que je l'implore. Ah ! Vierge sainte, toutes les fois que je vous adresserai la salutation angélique, répandez sur moi les grâces privilégiées dont vous êtes comme la dispensatrice, et qui sont attachées aux pratiques de votre culte... »

Voyez, mes chères enfants, que de grandes choses sont renfermées dans cette simple prière du chapelet, et ne doutez pas des grâces qu'elle peut obtenir quand elle est faite avec ferveur et avec confiance.

Un soir, deux jeunes filles allaient quitter leurs vêtements et se livrer au sommeil, dans une chambre contigüe à celle de leur mère. Comme le temps ordinaire de la toilette de nuit et des prières était plus qu'écoulé, la mère demande à ses enfants pourquoi elles ne sont pas encore couchées : « C'est que nous récitons le chapelet pour notre bonne grand'mère, qui est bien malade à Paris, comme vous savez. » Et la mère attendrie vit ses filles agenouillées et leur petit rosaire à la main.

Conservez donc bien votre chapelet, jeunes filles, et imitez ces deux pieuses enfants. Quand vous aurez quelque crainte, quelque affliction, quelque souffrance, récitez humblement, du fond du cœur, les deux belles prières que les grains amènent sous vos doigts, pensez aux douleurs de votre Sauveur et de sa Mère, votre divine protectrice, pensez à leur gloire, pensez à leur immense charité, et vous sentirez descendre dans votre âme la consolation, la force et l'espérance.

La nièce du sacristain de Bruxelles.

Je regrette de ne savoir pas, pour vous le dire, le nom de la brave jeune fille dont je vais vous raconter le charitable et généreux dévouement; je sais seulement que c'était la nièce d'un sacristain de Bruxelles. Elle eut le bonheur de sauver la vie d'un Français proscrit, qui s'était réfugié dans cette ville pendant les jours sinistres où le sang coulait à flots, en France, sous la hache et les poignards révolutionnaires.

Après la bataille de Fleurus, lorsque nos troupes

rentrèrent dans la Belgique, cet asile cessa d'être sûr pour le proscrit ; menacé d'être pris dans Bruxelles, il fuyait, sans savoir de quel côté diriger ses pas pour échapper à la poursuite dont il était l'objet. Une jeune fille, assise devant une porte, et entraînée par le seul intérêt qu'inspire un malheureux, l'arrêta en lui criant : « Vous êtes perdu, si vous allez plus loin ! — Si je retourne, dit-il, je le suis également ! — Eh bien, reprit-elle, entrez ici. » Il accepta. Après lui avoir appris qu'elle le recevait dans la maison de son oncle, qui ne lui permettrait pas de le sauver s'il en était instruit, attendu que ceux qui donnaient asile aux proscrits étaient comme eux punis de mort, elle le conduisit dans une grange où il se cacha. A peine il faisait nuit, que quelques soldats vinrent dans cette grange pour y dormir. La nièce du sacristain les avait suivis sans être aperçue. Dès qu'ils furent endormis, elle en profita pour tirer le Français de ce lieu trop peu sûr ; mais comme il s'échappait, un des soldats se réveilla, et le saisit par la main. A ce moment, elle s'élança entre eux, en disant : « Lâchez-moi donc ! c'est moi qui viens... » Elle n'eut pas besoin d'achever ; le soldat, trompé par la voix d'une femme, abandonna son captif. Elle mena ce dernier jusqu'à sa chambre ; là elle prit les clés de l'église, et, une lampe à la main, elle la lui ouvrit. Ils arrivèrent à une chapelle que les ravages de la guerre avaient dépouillée de ses ornements. Derrière l'autel était une trappe difficile à apercevoir. Dès qu'elle l'eut levée : « Vous voyez, dit-elle, cet escalier sombre ; il conduit à un caveau qui renferme les restes d'une famille illustre ; il est probable qu'on ne vous cherchera pas dans ce lieu, ayez le courage d'y demeurer jusqu'à ce qu'il se présente un moment favorable

pour votre évasion. » Il ne balance pas, il descend
avec confiance. Mais quelle est bientôt sa surprise !
Les premiers objets qu'il aperçoit, à la clarté de la
lampe, sont les armes de sa famille qui était origi-
naire de ce pays ! Il reconnaît les tombes de ses
aïeux ! il les salue avec respect; il touche avec attendrissement ces marbres chers et vénérés. La
jeune fille le laisse au milieu de ces impressions.
Leur douceur, et surtout l'espérance de revoir une
épouse aimée, lui firent oublier quelque temps l'horreur de son habitation; mais deux jours se passèrent, et il ne voyait pas revenir sa libératrice. Il ne
savait qu'imaginer : tantôt il craignait qu'elle n'eût
été la victime de sa charité et du service qu'elle lui
avait si généreusement rendu; tantôt il tremblait
qu'elle ne l'eût oublié. Le tourment de la faim venait se joindre à ces idées effrayantes; et bientôt
il n'eut plus devant les yeux que l'image d'une
mort encore plus horrible que celle à laquelle il
avait échappé. Ses forces s'épuisèrent; il tomba enfin presque sans connaissance sur le cercueil d'un
de ses ancêtres.

Cependant, un bruit se fit entendre; c'était la
voix de la nièce du sacristain qui l'appelait; accablé
par la joie autant que par la faiblesse et l'épuisement, il ne put répondre. La jeune fille le crut mort,
et laissa retomber la trappe en gémissant. Le
malheureux, épouvanté, fit un effort suprême, et
poussa un grand cri...

Elle l'entendit, et accourut. Elle se hâta de lui
présenter quelques aliments, lui expliqua la cause
de ses retards, et l'assura que ses précautions étaient
si bien prises, que désormais elle ne lui en ferait
plus éprouver. Elle venait de le quitter, lorsqu'un
cliquetis d'armes frappa son oreille; elle rentra pré-

cipitamment dans le caveau, en recommandant au Français de garder le silence. C'étaient, en effet, des hommes armés que le sacristain, accusé d'avoir introduit un émigré dans l'église, et ignorant la noble imprudence de sa nièce, y conduisait pour qu'ils fissent leurs perquisitions. Rien n'échappa à leurs regards ; ils visitèrent partout ; ils marchèrent même sur la fatale trappe. Quel moment pour les deux captifs ! Chaque pas qui ébranlait cette planche, répondait à leur cœur, et leur semblait être l'approche de leur dernière heure. Cependant, le bruit s'éloigna peu à peu, et finit par s'éteindre entièrement. La jeune fille, encore inquiète, sortit avec précaution, parcourut l'église, y trouva une profonde solitude, revint rassurer le Français alarmé, et se retira. Le lendemain, les jours suivants, elle apporta exactement au proscrit sa nourriture ; il resta ainsi longtemps dans ce souterrain, sous la garde de sa libératrice attentive. Un moment de tranquillité arriva ; elle l'en avertit. Il dit un adieu tendre et respectueux aux restes de ses ancêtres, dont les âmes avaient sans doute prié pour lui dans le ciel ; il sortit vivant de ce tombeau des siens ; il gagna la campagne, et parvint enfin à rejoindre sa famille dont la présence, la joie et l'amour lui firent encore mieux apprécier le bienfait de sa généreuse libératrice.

Peut-être trouvera-t-on, et non tout à fait sans raison, que celle-ci n'avait pas absolument le droit d'agir ainsi, et que s'il lui était permis d'exposer sa vie pour sauver celle de son prochain, il ne lui était pas également permis d'exposer celle du sacristain, son oncle dans la maison duquel elle vivait, à l'insu et sans le consentement de ce dernier. Cette remarque est juste ; mais si, en cela, la nièce a fait une faute, Dieu veuille que toutes les fautes que nous

pourrons commettre aient toujours un aussi beau
motif et une si touchante excuse! Aussi Dieu a-t-il
excusé et même béni la pieuse entreprise de cette
charitable jeune fille, en assurant son succès, et en
ne permettant pas qu'elle eût de malheureuses conséquences. La jeune chrétienne n'a vu et n'a senti
que le devoir et le sentiment de la charité; Dieu sans
doute n'a jugé que son intention et son sacrifice.

Causerie

Sur les états et le travail des femmes.

Il est une vérité assurément affligeante, mais
qu'il faut pourtant reconnaître, car il n'est pas bon
ni sage de se faire illusion sur certaines réalités fâcheuses : cette vérité, c'est que, chez nous, le travail des femmes est peu lucratif. Ce n'est pas seulement dans la classe ouvrière qu'il en est ainsi; c'est
dans toutes les conditions : travail manuel, ou travail d'intelligence qui exige instruction et culture
de l'esprit, rapporte aux femmes infiniment moins
qu'aux hommes. Est-ce juste? y a-t-il pour cela des
raisons plausibles? je n'en sais rien, et je ne prétends pas examiner cette question ; c'est un fait, un
fait qu'il ne dépend pas de nous de modifier ou de
changer. Mais ce fait est une considération qu'il ne
faut pas perdre de vue; il est un motif de plus,
pour les femmes, de s'accoutumer dès leur enfance
au travail, et de s'efforcer d'y devenir habiles le
plus possible, afin d'en retirer tout le fruit qu'il
peut donner.

Il est certain que, quelque modique que soit le
prix du labeur féminin, celle qui fera la meilleure
besogne, et qui la fera le plus vite, gagnera plus

que les autres. Il est bien évident aussi que celle qui aura commencé le plus tôt à s'y habituer et à s'y exercer, a toute chance pour y devenir la plus habile, pour faire ce travail, quel qu'il soit, avec plus de prestesse, plus de dextérité et moins de peine.

Persuadez-vous donc bien, jeunes filles, quelle que soit la condition dans laquelle vous êtes nées, que ce que vous avez de mieux à faire, c'est d'acquérir, au plus parfait degré possible, l'instruction que cette condition vous permet de recevoir, et en même temps, de vous faire une habitude du travail, de vous rendre capables de tous les ouvrages et de toutes les occupations qui sont propres à votre sexe. Si vous êtes nées dans des conditions d'aisance, rien ne peut vous assurer que vous conserverez toujours ces avantages. Combien d'enfants qui, nés au sien du bien-être, même de l'opulence, se sont vus soudainement privés de ces dons de la fortune, soit par la perte de leurs parents, soit par la ruine de ceux-ci ! Combien de jeunes femmes, de jeunes mères qui, après avoir joui des loisirs de l'aisance, se sont trouvées réduites par la perte d'un mari, à travailler pour vivre et pour élever leurs enfants ! L'aisance et la fortune seraient souvent un grand malheur et un piége funeste, si elles endormaient dans une dangereuse sécurité celles qu'elles favorisent un moment. Mais une fille ou une femme chrétienne ne saurait subir cet aveuglement, car elle sait que le travail est une loi imposée par Dieu lui-même à l'humanité après le premier péché, et elle se conforme à cette loi, par piété et par soumission, lors même qu'une nécessité matérielle ne la lui impose pas.

Mais si cette nécessité matérielle existe pour vous,

si vous voyez que vos parents ne vous font vivre et
ne vous élèvent qu'à la sueur de leur front, si vous
sentez que le travail vous sera indispensable comme
à eux, pour les aider à votre tour et pour subsister
vous-même, ne devez-vous pas vous mettre de bonne
heure en mesure de rendre par la suite votre labeur
le plus profitable possible?

Passons en revue, tout en causant, les différents
états qui sont à la portée des femmes, et commen-
çons par les plus simples et les plus modestes, qui
ne sont pas pour cela les moins dignes, les moins
sûrs, et les moins agréables. Il y a d'abord tous les
travaux qui se rapportent à la culture des champs
et à l'exploitation d'une ferme : le soin des bestiaux,
de la basse-cour ; une partie de la culture des pota-
gers, où il n'est pas défendu d'ajouter l'ornement de
quelques fleurs ; la récolte des fruits et des légumes,
et leur conservation ; la préparation du beurre et
des diverses sortes de fromages, par conséquent le
soin du fruitier et de la laiterie ; l'élevage de la
volaille, des pigeons, des jeunes veaux, des petits
agneaux, des petits chevreaux, etc. Dans les soirées
d'hiver, ou pendant la garde des troupeaux aux
champs, le rouet ou la quenouille ; quelquefois le
tissage de la toile, et toujours l'entretien du linge ;
la cuisine à faire pour toute la maison, la propreté
à maintenir partout, les lessives, et enfin tout ce
que je n'en finirais pas à énumérer ici. Maîtresse et
servantes, dans une exploitation rurale, ont chacune
sa part de ces divers travaux. La maîtresse qui s'y
entend le mieux et qui est la plus habile, est aussi
celle qui fait le mieux prospérer sa maison ; et il
est probable qu'elle a été recherchée par son mari
beaucoup plus à cause de son mérite, que pour la
dot qu'elle a pu lui apporter. La servante qui a le

plus d'intelligence, d'adresse et d'activité, est sûre
de ne pas rester sans place, d'être plus recherchée
que les autres, mieux payée, et a en outre la chance
de trouver un établissement avantageux.

Je m'étonne toujours, quand je vois des personnes nées dans ces conditions, qui désirent, ce qui
arrive trop souvent, en sortir et abandonner leurs
champs, pour venir se faire ouvrières ou servir dans
les villes. A la campagne, en effet, quelle que soit
la dureté des temps, l'ouvrage ne manque jamais,
et la terre nourrit toujours ceux qui la cultivent.
Sans doute on peut gagner un peu plus d'argent à
la ville, surtout si on est habile dans un état ; mais
on n'en gagne pas toujours ; il y a des moments où
le travail manque, où il faut vivre sur ses économies, et malheur à qui n'a pas eu la prudence d'en
faire, car des choses nécessaires à la vie, la ville
n'en fournit aucune en nature, il faut y payer tout ce
que la terre donne à l'habitant laborieux des campagnes. Je sais bien que la ville a de certains attraits
pour les jeunes filles des champs : elles se figurent
qu'elles y trouveront plus de plaisirs, qu'elles pour-
ront y faire de plus belles toilettes ; mais c'est là une
fâcheuse considération, et qui n'est pas de trop bon
augure, quand il s'agit de travailler pour gagner sa
vie. Jeunes filles qui êtes nées au milieu des simples
fleurs champêtres, des bluets, des coquelicots,
des petites clochettes bleues de la raiponce, et des
modestes pâquerettes blanches, croyez-moi, ne
quittez pas sans nécessité ces jolies compagnes de
votre enfance ; ne quittez pas l'air pur et le doux
soleil qui vous ont fait fleurir avec elles. Elles se
flétrissent, elles, aussitôt qu'on les emporte de leur
champ natal ; craignez qu'il ne vous en arrive autant. Ne croyez pas que le travail de la ville soit plus

doux que celui de la campagne; il est presque toujours privé d'air, de lumière et de mouvement, ces
trois éléments de santé pour le corps et de gaieté
pour l'esprit; il n'est jamais aussi assuré, et s'il
semble plus productif, c'est une illusion, puisque
cette augmentation de produit est compensée par
les difficultés et les complications multipliées de la
vie. Fleurs des champs, pour prospérer, restez aux
champs.

Mais vous qui êtes nées à la ville et qui y êtes re-
tenues par les liens de la famille, du devoir, de l'habitude et de la nécessité, qui d'ailleurs y êtes naturellement acclimatées, quelles y seront vos ressources ? Il y a du travail pour vous dans les ateliers de
lingerie, de couture, de confection de vêtements
pour les femmes, pour les enfants, de broderie, de
bonneterie, de chaussures, de blanchisserie, dans
toutes les fabriques d'étoffes diverses, de dentelles,
de fleurs artificielles, d'objets de fourrure, de plu-
masserie et autres. Il y a l'art de la cuisine, le service de la chambre, le soin des enfants. Il y a donc,
du moins en apparence, un très-grand nombre d'é-
tats divers qui s'offrent à vous ; mais pour tous ces
états il se rencontre aussi une prodigieuse concurrence. Pour être assurée de ne pas manquer de travail, et pour que ce travail, en général modestement
payé, puisse procurer les moyens de vivre avec
quelque aisance, il faut remplir absolument de certaines conditions : d'abord, être honnête, probe,
assidue et consciencieuse, et on n'est pas tout cela
sans être sincèrement pieuse ; car comment espérer
que celle-là remplisse exactement ses devoirs envers
ses supérieurs, qui ne les accomplit pas envers
Dieu ? Il faut ensuite être habile dans son état et ac-
tive à la besogne, car celle-là sera toujours préférée

et aura tout l'avantage dans la concurrence, qui aura montré qu'elle sait faire mieux et peut faire plus que les autres dans le même temps. Quant à celles qui se mettent en service, elles ont encore besoin de joindre, aux qualités que je viens de dire, la docilité, l'obéissance, le respect, le dévouement. C'est encore dans la piété seule et l'humilité chrétienne qu'on peut trouver ces qualités, et puiser la force quelquefois nécessaire pour les pratiquer ; les qualités sont les branches des vertus, et il n'y a pas de branches là où il n'y a pas de tronc.

Et maintenant, pour vous, jeunes filles nées dans des conditions plus faciles et qui avez pu recevoir une instruction plus développée et plus complète, mais qui pourtant vous trouveriez dans la nécessité de recourir à votre travail, voyons ce qui vous est offert. Vous avez aussi les travaux d'aiguille, auxquels je suppose que vous êtes adroites, et que vous pouvez apporter un goût et une intelligence distingués résultant de vos habitudes et de votre éducation. Mais si cette éducation a été poussée jusqu'à un certain degré, vous avez aussi la ressource de l'enseignement, soit des connaissances élémentaires, soit des sciences qui font partie de l'instruction donnée aux femmes, soit de la musique, soit du dessin. Là encore, il est certain que la plus instruite, la moins superficielle, aura l'avantage dans la concurrence. Aussi est-ce toujours avec plaisir qu'on voit une jeune personne, comprenant l'intention prudente de ses parents, se livrer avec ardeur et conscience à une étude spéciale, ou au perfectionnement sérieux d'un talent artistique naturel, qui puisse devenir, au besoin, une ressource pour elle, et peut-être pour sa famille. Cela est assurément très-louable et fort sage. Et parmi les faits que j'ai l'occasion de

vous raconter, il en est sans doute où vous trouverez
à faire l'application des réflexions familières que je
fais avec vous en ce moment.

Ce que j'ai dit de la modicité du produit que
donne, en général, le travail des femmes, n'est pas
une règle absolue ; il y a, à cette règle, des excep-
tions, et on peut même citer des femmes qui sont
parvenues à se faire une fort belle existence, et même
une fortune, par leur propre labeur. Ce que j'ai dit
ne doit donc point vous décourager, mes chères enfants, mais au contraire vous exciter à faire de votre mieux pour devenir capables et habiles dans ce
que vous voudrez entreprendre. Avec l'aide de Dieu,
la volonté et le travail sont bien puissants ; et on a
l'aide de Dieu quand on le sert avec amour et avec
fidélité, quand on le prie avec ferveur et avec confiance.

La sourde-muette-aveugle.

Il est des chagrins pour tous les âges : les maladies, les privations, la douleur, les contrariétés n'é-
pargnent pas toujours même la gracieuse et faible
enfance. Il semble que la Providence veuille quelquefois nous donner, dès nos jeunes années, des
leçons qui nous apprennent à supporter soit les
souffrances, soit les chagrins, par lesquels elle
compte éprouver notre constance et notre vertu dans
le cours de cette vie. Lorsqu'il lui plaît de nous imposer ce tribut que doit payer l'humanité, sachons
souffrir, et réfugions-nous dans le sein de la religion
qui fortifie et qui console. Avant de nous plaindre, examinons si nous en avons bien le droit ; jetons les yeux
sur les infortunes d'autrui, et, en les comparant aux
nôtres, nous trouverons presque toujours que nous

aurions mauvaise grâce à murmurer d'un mal léger, tandis que d'autres créatures semblables à nous en supportent de bien plus grands.

Ces réflexions m'ont été suggérées par la lecture d'une histoire bien touchante, que j'ai trouvée dans un journal publié, il y a une trentaine d'années, par M. Bébian, et dans lequel cet habile professeur traitait de l'instruction des sourds-muets et des aveugles. Il s'agit d'une jeune fille affligée tout à la fois de cette triple infirmité. Le récit que vous allez lire est triste, mais il est de nature à faire rougir quiconque serait tenté de se plaindre pour une légère souffrance ou une petite contrariété.

Sourde-muette et aveugle !.... dit M. Bébian ; l'imagination ne conçoit rien au-delà d'une semblable infortune. Cependant la pauvre fille était destinée à connaître d'autres chagrins aussi amers, d'autres privations non moins cruelles, et elle est peut-être plus malheureuse encore par ses souvenirs que par le sentiment de ses infirmités actuelles. Autrefois elle voyait, elle entendait ; sa voix pouvait répondre à la douce voix de sa mère ; ses yeux pouvaient considérer les traits d'un père qui trop tôt lui fut ravi. Elle a connu tous les biens dont elle est privée, et sa mémoire ne peut se nourrir que de regrets.

Devenue sourde dans un âge encore tendre, Victorine Morisseau perdit peu à peu aussi l'usage de la parole, comme il arrive ordinairement. L'enfant oublie les mots qu'il n'entend plus, et sa langue perd l'habitude de les articuler. Cependant quand elle fut placée à l'institution des sourds-muets, elle prononçait encore quelques paroles et conservait encore un reste d'audition qui s'éteignit peu à peu. Bientôt après, une épaisse cataracte, à laquelle il fut impossible de remédier, étendit un voile sur ses yeux, et à douze ans elle était complétement aveugle.

Cependant Victorine continue à s'entendre avec ses compagnes qui, avec une sollicitude vraiment touchante et qui ne s'est jamais démentie, l'instruisent de tout ce qui fait l'objet de leur conversation. L'aveugle leur parle le langage des gestes, et ses compagnes lui répondent par le même langage ; tenant légèrement la main qui gesticule, elle en suit tous les mouvements, et c'est merveille de voir comme elle saisit les traits rapides de la pensée que le geste dessine en l'air.

La pension de mademoiselle Morisseau, qui avait été régulièrement payée pendant les premières années, cessa tout à coup de l'être par des circonstances inutiles à rapporter. Cette infortunée ayant atteint l'âge où les règlements s'opposaient à ce qu'elle fût conservée gratuitement dans l'institution, il fut décidé qu'elle serait placée dans un hospice.

Deux dames, dont l'une avait sa fille dans l'institution, voulurent du moins adoucir pour Victorine l'amertume d'une si cruelle séparation, en se chargeant de la conduire elles-mêmes dans son nouvel asile, à la Salpétrière. Personne n'avait eu le courage de préparer mademoiselle Morisseau au sort qui l'attendait. Tout le monde était consterné autour d'elle, elle seule était tranquille. Elle part ; mais à peine la voiture a franchi le seuil de la grande porte de l'hospice, que la pauvre aveugle éprouve un mouvement convulsif semblable à de la terreur. Elle cherche, en tâtonnant, la main de madame de M... qui était auprès d'elle ; elle se presse contre sa protectrice et semble vouloir chercher dans son sein un asile contre le malheur qui la menace.

Soit que Victorine eût eu quelque pressentiment

de sa destination, soit que la finesse de son odorat
l'eût avertie de la différence de l'atmosphère où elle
entrait, elle avait tout deviné. C'est l'hôpital ! c'est
l'hôpital ! ne cessait-elle de répéter dans son langage, en descendant de voiture ; et son geste éner-
gique ajoutait encore à l'horreur dont elle était sai-
sie. On arriva au quartier de l'hospice, destiné aux
femmes aveugles. La supérieure apercevant les
angoisses de cette pauvre enfant, allait lui adresser
quelques mots consolants ; mais on la retire de son
erreur, en lui apprenant que l'infortunée est aussi
privée de l'ouïe et de la parole.

Cette femme que la charité a vouée au soulagement de tous les genres de douleurs, s'étonne de
rencontrer, pour la première fois, des peines inacces-
sibles à ses paroles comme à ses soins ; et une larme
d'attendrissement voile ses yeux accoutumés depuis
tant d'années au spectacle de toutes les infirmités.
Elle veut du moins serrer la main de l'infortunée qui
ne peut ni entendre sa voix, ni répondre à ses regards. Victorine, sensible à cette douce étreinte,
cherche à reconnaître d'où lui vient ce signe affec-
tueux ; en tâtonnant, elle touche la robe grossière de
la sœur. Soudain elle jette un cri déchirant, et re-
pousse avec effroi la main qui pressait si tendrement
la sienne. Cette robe de bure a dissipé tous ses doutes,
a confirmé toutes ses craintes. Elle ne met plus de
bornes à son désespoir.

A ses violents transports succède un profond abat-
tement ; immobile sur son siége, la tête penchée sur
sa poitrine, elle ressemblait au marbre où un habile
ciseau aurait personnifié la douleur. Qui pourrait
dire sous quel horrible aspect sa nouvelle destinée
se présenta à sa pensée ? Qu'elle est affreuse cette
profonde solitude où elle va être ensevelie ! Elle n'a

plus personne qui puisse l'entendre ; tous les nœuds
qui l'attachaient à la vie, tous ses rapports avec le
monde sont rompus. Cet hospice n'est point, à son
opinion, l'asile des souffrances ; c'est la réunion de
toutes les plus hideuses infirmités, de toutes les maladies les plus repoussantes, les plus redoutables, les
plus contagieuses ; tout ce qui l'approche la fait fris-
sonner d'épouvante, et si elle sent le plus léger fré-
missement d'un vêtement, elle se retire sur elle-même
comme la sensitive.

Lorsque quelques jours après, mesdames de Ch...
et de M... vinrent la voir, elles la trouvèrent sur le
même siége, dans la même attitude ; elle semblait
inanimée et on l'aurait crue privée de sentiment,
sans les larmes qui de ses paupières fermées coulaient comme deux ruisseaux, et sans les profonds
sanglots qui, de temps en temps, soulevaient avec
effort sa poitrine. La supérieure leur apprit que l'on
n'avait pu qu'avec peine la déterminer à prendre
quelques aliments ; que jamais on n'avait vu chagrin
plus profond ; que la pauvre enfant ne pourrait y
résister longtemps, si on ne la retirait de l'hospice.
Madame de Ch..., profondément touchée, promit de
lever toutes les difficultés, en payant elle-même la
pension de cette infortunée, qui, en effet, peu de
jours après, fut rappelée à l'institution. Quand on
vint la chercher, elle ne voulait point croire à cette
félicité inattendue, et s'en défendait comme de l'illusion d'un songe enchanteur. Enfin elle ne laissa
éclater toute sa joie que lorsque, arrivée dans la cour
de l'institution, elle reconnut l'air qu'elle avait res-
piré si longtemps.

Après s'être livrée aux embrassements de ses
compagnes qui se pressaient autour d'elle, elle veut
les reconnaître l'une après l'autre. Elle fait voltiger

ses doigts sur leurs têtes, sur leurs traits, sur leurs bras; elle tâte et flaire leurs mains et leurs vête-ments, et, nommant chacune par le signe qui la ca-ractérise, elle la serre de nouveau dans ses bras avec une plus vive tendresse. Tous ses chagrins sont ef-facés par le bonheur de ce moment, et elle peut s'y abandonner sans retour, car elle a reçu l'assurance que son sort ne changera plus.

En terminant ce touchant récit, une nouvelle ré-flexion se présente à mon esprit. Quelles que soient les peines que vous puissiez éprouver, mes chères enfants, ne cessez jamais d'espérer dans la bonté de la Providence. Elle veille sur toutes ses créatures. Voyez comme elle suscite la charité en faveur de celles qui semblent le plus disgraciées et abandon-nées. Elle nous éprouve, mais elle ne nous impose jamais d'épreuves qui soient au-dessus des forces que nous pouvons puiser dans la piété. Rappelez-vous enfin, que le désespoir est impie, et que l'espérance est une vertu.

Sainte Monique.

Que de grâces nous devons au Seigneur, lorsqu'il nous a donné pour mère une femme chrétienne! Elle est, sous une forme visible, un ange gardien qui veille sur nous avec une tendresse infatigable que la reli-gion épure et fortifie. Pénétrée de la sainteté des devoirs que son titre de mère lui impose, elle s'en acquitte avec amour et dévouement. Elle prodigue à son enfant, avec les plus douces caresses, les soins physiques que réclame la faiblesse de son âge; mais ce qu'elle aime le plus en lui, c'est ce qui ne doit jamais périr, c'est son âme; car elle sait qu'elle doit un jour en rendre compte à Dieu qui ne la lui

a confiée que pour lui enseigner le chemin du ciel.
Aussi, avec quelle prévoyance, avec quelle tendre
inquiétude elle écarte de cet être chéri tout ce qui
pourrait ternir l'éclat de son innocence, et altérer la
pureté de son cœur ! Heureux enfant ! dès les premières lueurs de sa raison, il n'a sous les yeux que de
bons exemples, et il suce, pour ainsi dire, avec le lait,
l'amour de la vertu. Plus tard, lorsqu'il aura quitté
le toit paternel, sa mère le suivra encore par la
pensée, dans le tourbillon du monde, elle le protè-
gera par ses prières ferventes, contre les dangers
qui viendront l'assaillir ; et s'il a le malheur de s'é-
carter du sentier du devoir, elle lui obtiendra, à force
d'implorer le ciel, la grâce d'y rentrer. Telle est
la mère vraiment chrétienne, pour nous une seconde
Providence sur la terre ; telle fut sainte Monique, la
mère de saint Augustin.

Monique était Africaine ; elle naquit en 332, de
parents honorables et chrétiens, qui la firent instruire
avec le plus grand soin dans la crainte de Dieu et
l'amour de sa loi. Elle fut confiée à une pieuse gouvernante qui était pleine de bonté pour elle, mais
qui savait qu'une molle complaisance pour les défauts des enfants est toujours suivie de funestes résultats. Aussi ne laissait-elle échapper aucune occasion de donner des avis utiles à son élève, et de
réprimer ses passions naissantes, même dans les
choses qui, au premier aspect, paraissaient indiffé-
rentes. Docile aux leçons qu'elle recevait, Monique
apprit de bonne heure à remplir les devoirs que la
religion impose. Elle assistait aux offices divins avec
recueillement, elle priait avec ferveur, elle exerçait
la charité envers les pauvres, et se faisait ainsi,
dès l'âge le plus tendre, une douce habitude de la
vertu.

Sa piété devenait chaque jour plus fervente à mesure qu'elle avançait en âge, et elle aurait voulu se
consacrer entièrement au service de Dieu. Mais,
pour obéir à la volonté de ses parents, elle consentit
à donner sa main à Patrice qu'ils lui avaient choisi
pour époux. Le choix aurait pu être plus heureux et
mieux assorti. Monique était chrétienne, et Patrice
était païen ; elle était douce et timide, son mari était
violent et emporté. Néanmoins elle fit tant par ses
prières et ses larmes, elle se montra si soumise et si
résignée, elle supporta avec tant de charité les fautes
de Patrice, qu'elle lui fit aimer la religion qui commandait ces vertus, et dans laquelle elle puisait la
force de les pratiquer. Elle finit par le gagner à
Jésus-Christ ; il devint chrétien, et chrétien fidèle à
sa vocation jusqu'à la fin de sa vie. Elle dut cette
victoire à la conduite irréprochable qu'elle menait
et qui ne se démentit jamais ; elle se concilia ainsi
l'estime, l'amour et le respect de son mari. Jamais
elle ne lui reprochait avec amertume les fautes dont
il se rendait coupable ; elle priait Dieu d'avoir pitié
de lui. Lorsqu'il était en colère, elle avait soin de
ne le contredire ni par ses actions ni par ses réponses ; elle gardait le silence. La fougue étant passée,
elle lui faisait avec douceur les observations qu'elle
jugeait nécessaires. Quelque coupable qu'il fût envers elle, elle ne dit jamais une parole qui pût porter atteinte à sa réputation. Et quand des voisines
venaient se plaindre à elle des mauvais traitements
qu'elles avaient reçus de leurs maris, elle avait coutume de leur répondre : « Vous ne devez vous en
prendre qu'à vous-mêmes et à vos langues. » Elle
connaissait, en effet, l'efficacité de la douceur et du
silence à l'égard des caractères impétueux. Se taire
et souffrir à propos, porter la soumission et la com-

plaisance aussi loin qu'elles peuvent aller, attendre toujours le moment favorable pour s'expliquer, tel était le plan de conduite qu'elle s'était tracé. Que de chagrins les femmes s'épargneraient, si elles imitaient toujours la prudence de cette épouse chrétienne !

Monique se reposait, par de bonnes œuvres, des peines et des contrariétés que Dieu lui envoyait pour l'éprouver. Elle portait partout les consolations de la charité, et ramenait la paix au sein des familles où elle avait été troublée. On eut souvent lieu d'admirer le talent qu'elle avait de réunir les cœurs divisés. Elle s'exprimait sur l'amour du prochain avec tant d'onction, qu'on ne pouvait résister au charme de ses paroles; l'esprit de charité parlait par sa bouche. Elle était surtout la mère des pauvres. Son plus grand plaisir était de les servir, et de leur prodiguer les secours dont ils avaient besoin. Pour s'animer à la pratique de toutes ces vertus, elle avait toujours l'éternité devant les yeux. Elle assistait chaque jour, autant qu'elle le pouvait, au saint sacrifice de la messe, et à la prière publique du matin et du soir, afin d'entendre la parole de Dieu. Mais son exactitude à remplir les devoirs de sa religion, était réglée sur les vrais principes; elle ne l'empêchait pas de veiller au soin de sa maison, et surtout à l'éducation de ses enfants.

Elle avait deux fils, Augustin et Navigius, et une fille dont le nom n'est pas parvenu jusqu'à nous. Augustin fut pour sa mère une cause de chagrins et de cruelles inquiétudes, et fit souvent couler ses larmes. Il était né au mois de novembre 354. La fougue de l'âge eut bientôt effacé les premières impressions de vertu qu'il avait reçues, et il s'abandonna à tous les égarements d'une jeunesse dissipée. Cependant, il se livrait à l'étude avec ardeur, et brûlait du désir de se distinguer par l'éclat de son savoir. Pendant qu'il suivait ses cours à Carthage, en 373, il fut séduit par les hérétiques de cette ville qui l'entraînèrent dans leurs funestes erreurs. Monique en ressentit une douleur profonde, et elle pleura avec plus d'amertume que ne font les autres mères lorsqu'elles voient porter leurs enfants au tombeau.

Pendant tout le temps que dura l'aveuglement d'Augustin, elle ne cessa de solliciter pour lui, par ses prières, la miséricorde divine. Elle commençait pourtant à perdre un peu courage, lorsqu'elle fut ranimée par un songe. Il lui sembla qu'elle était sur une longue règle de bois, et qu'auprès d'elle était un jeune homme tout brillant de lumière, qui lui demanda le sujet de sa douleur, et lui ordonna d'arrêter le cours de ses larmes, en lui disant : « Votre fils est avec vous. » Ayant alors baissé les yeux, elle vit Augustin sur la règle où elle était. La consolation qu'elle reçut de ce songe fut très-grande. Elle en parla à son fils, et voyant qu'il concluait de la vision que sa mère serait comme lui, et non lui comme elle : « Cela ne peut être, reprit-elle vivement ; il ne m'a pas dit que j'étais où vous étiez, mais que vous étiez où j'étais, » Cette réponse pressante le toucha vivement, et il fut toujours persuadé, après sa conversion, qu'elle avait été pour lui un avertissement du ciel.

Cependant cette conviction se fit attendre longtemps encore. Ce fut à Milan où Augustin avait été appelé pour enseigner la rhétorique, que le savant évêque saint Ambroise acheva enfin, par ses instructions, de faire luire à ses yeux la lumière de la vérité. Sainte Monique, malgré son âge et ses infirmités, avait affronté les fatigues et les dangers d'une longue navigation pour venir rejoindre ce fils, objet d'une si tendre et si pieuse sollicitude. Elle apprit de sa bouche même l'heureux changement qui s'était opéré en lui, et bientôt sa conversion parfaite la combla de joie. Renonçant à toutes les espérances du siècle, Augustin se retira avec quelques amis, à la campagne ; sa mère l'y suivit. Elle eut part aux entretiens élevés de cette sainte réunion, et y montra un jugement et une sagacité extraordinaires ; son esprit atteignait facilement aux plus hautes conceptions, par l'habitude qu'elle avait contractée de converser sans cesse avec le Dieu de toute science, et de méditer ses perfections infinies. Bientôt elle devait le contempler face à face, car sa mission sur la terre allait finir.

Saint Augustin, après son baptême, ayant examiné le lieu où il pourrait le plus utilement servir Dieu, résolut de retourner en Afrique. Il partit accompagné de sa mère, de son frère Navigius, et d'un jeune homme nommé Evodius. Étant arrivés à Ostie, ils s'y arrêtèrent pour se reposer des fatigues de la route, avant de s'embarquer. Un jour, Augustin et sa mère, appuyés l'un à côté de l'autre sur une fenêtre de la maison où ils étaient logés, s'entretenaient ensemble avec une douceur extrême, oubliant le passé et ne s'occupant que de l'avenir ; ils cherchaient quelle serait la vie immortelle des saints, et dirent entre eux des choses sublimes. Alors Monique s'écria : « Mon fils, il n'y a plus rien dans cette vie qui puissse me toucher, que ferais-je ici d'avantage ? Je ne vois pas ce qui pourrait me retenir ; tous mes vœux sont présentement accomplis. Je ne souhaitais la prolongation de mes jours, que pour vous voir catholique et enfant du ciel.

Dieu a fait encore plus que je n'avais désiré, puisque je vous vois entièrement consacré à son service et plein de mépris pour tous les avantages auxquels vous auriez pu aspirer dans le monde. Qui me retiendrait donc ici plus longtemps? » S'entretenant un autre jour de la mort du chrétien, elle dit de si belles paroles, que ceux qui l'entendaient en furent saisis d'admiration ; et comme on lui demandait si elle ne craignait pas de mourir sur une terre étrangère, et d'être enterrée loin de sa patrie, elle répondit : « On n'est nulle part éloigné de Dieu ; il saura bien trouver mon corps pour le ressusciter avec celui des autres hommes. »

Peu de jours après, elle tomba malade ; un long évanouissement annonça qu'elle touchait à sa fin, et elle dit à ses fils : « Vous enterrerez ici votre mère : souvenez-vous de moi à l'autel du Seigneur. » Ce furent ses dernières paroles, et son âme bienheureuse alla dans le ciel se réunir à Jésus-Christ.

Le corps de sainte Monique fut transporté d'Ostie à Rome en 1430, sous le pape Martin V, et il y est encore dans l'église de saint Augustin.

Jeunes filles qui serez mères un jour, rappelez-vous que sainte Monique est dans le ciel la patronne et la protectrice des mères pieuses et dévouées.

De la lecture à haute voix.

C'est un art charmant que celui de bien lire, mes chères enfants ; cet art offre tant d'agréments, et peut procurer tant d'avantages, que je n'ai jamais pu concevoir comment il se fait qu'on mette, en général, tant de négligence à l'acquérir. Dans aucun temps les talents n'ont été plus répandus, plus communs qu'aujourd'hui ; on écrit bien, on chante

bien, on dessine d'une manière plus ou moins remarquable, les jeunes filles de toute condition font des
merveilles de couture, de broderie, de tapisserie, et
tout cela est assurément très-bon, très-utile. Il n'y
a que le talent de la lecture à haute voix qui soit
resté en arrière, et il est encore extrêmement rare
de rencontrer un bon lecteur de l'un ou de l'autre
sexe. J'assistais, il y a peu de temps, à la lecture
d'un ouvrage nouveau, faite par l'auteur lui-même,
en présence d'un auditoire assez nombreux. Comme
l'auteur m'avait fait l'honneur de me demander un
avis bien sincère, je me suis cru obligé d'écouter en
conscience et avec une attention très-soutenue.
L'ouvrage est plein d'intérêt et renferme de grandes
beautés; cependant, il n'a produit aucune sensation,
et en observant les visages des auditeurs, j'ai vu
clairement qu'il paraissait long, ennuyeux, froid et
médiocre sous tous les rapports. Cet effet était, sans
aucun doute, le résultat de la lecture lugubre, monotone et fatigante de l'auteur, et je suis très-certain
que, confié à un lecteur plus habile, il eût excité
presque de l'enthousiasme. Je ne saurais vous exprimer quel malaise, quelle impatience, quel véritable supplice cela m'a fait éprouver, à moi qui pre-
nais un intérêt particulier à l'ouvrage et à son jeune
auteur. Mais comme j'en prends aussi un très-
sincère à vous, mes enfants, j'ai pensé, au milieu
même de ma torture, que je ferais peut-être bien
d'appeler votre attention sur la nécessité, ou du
moins sur l'utilité très-réelle de vous exercer à l'art
de lire.

Dussiez-vous n'avoir jamais l'occasion de lire à
haute voix, cet exercice aura toujours l'avantage de
perfectionner votre prononciation et votre langage
dans la conversation. Mais quelle est celle d'entre

vous, qui peut avoir la certitude de n'être jamais
dans le cas de lire tout haut ; au moins en famille ?
N'est-ce pas une occupation pleine de charme et
d'intérêt, qui remplit utilement et agréablement la
soirée, que la lecture en famille, de quelque livre
attachant de piété, d'instruction, ou même de simple
récréation pour l'esprit ? Si c'est une jeune fille qui
charme ainsi le travail de la veillée pour ses parents,
pour ses frères et sœurs, n'est-il pas infiniment doux
pour elle de sentir qu'on l'écoute avec plaisir, parce
que sa diction est pure, expressive et naturelle ? Si
c'est une jeune mère qui lit pour instruire ou pour
amuser ses enfants, n'est-il pas bien nécessaire
qu'elle puisse y mettre tout l'agrément possible,
afin de captiver l'attention d'un petit auditoire si
facile à ennuyer, et si susceptible de distraction ?

Presque tout le monde, et dans presque toutes les
positions, aurait besoin de savoir bien lire ; et cependant, je le répète, c'est peut-être, de tous les talents,
celui qui est le plus négligé. Il n'est personne qui
n'éprouve un plaisir extrême à entendre bien lire ;
comment donc se fait-il qu'on ne cherche pas un peu
à acquérir soi-même la faculté de procurer aux autres cette jouissance, et de se rendre agréable par
ce moyen ? Je sais bien que le talent de lire parfai-
ment ne dépend pas absolument de l'étude et de
la volonté ; qu'il exige un don naturel, comme tous
les autres arts ; enfin que tout le monde ne peut pas
également bien lire, de même que tout le monde ne
peut pas également bien chanter. Mais je tiens pour
certain qu'il n'est personne, à moins d'un vice d'organe positif, ou d'un défaut absolu d'intelligence et
de sentiment, qui, avec de la bonne volonté, en
s'exerçant, en se donnant un peu de peine, ne puisse
parvenir à lire passablement. Or, c'est là une étude

qui me semble devoir faire essentiellement partie
d'une bonne éducation; car chacun conviendra sans
doute qu'il est choquant et ridicule de voir un jeune
homme ou une jeune personne, bien élevée d'ailleurs, ne pouvoir prendre un livre et lire à haute
voix, sans annoner, sans bredouiller, sans dénatu-
rer le sens des phrases par de fausses intonations ou
des repos mal calculés, sans estropier les vers ou les
psalmodier. J'avoue que, pour mon compte, cela
m'est aussi insupportable que d'entendre une voix
qui chanterait à un quart de ton de l'orchestre.

Tout cela est bel et bon, me direz-vous; mais
comment faut-il s'y prendre pour acquérir ce talent
de bien lire? Il ne serait pas facile de vous donner,
dans le peu de lignes que j'y puis consacrer ici, un
enseignement complet d'un art aussi varié et aussi
instinctif que celui-là. Je me bornerai à quelques
préceptes qui en sont la base.

Premièrement : il faut avoir l'intelligence de ce
qu'on lit, le bien comprendre, afin de ne point en altérer le sens, de ne point lier ce qui doit être distinct,
ni séparer ce qui doit être lié, c'est-à-dire afin de
marquer, dans une juste mesure, les repos entre les
périodes, les phrases et les membres de phrase.

Secondement : il faut en avoir le sentiment, afin
de donner aux mots que l'on prononce le ton et
l'expression convenables, et de faire ainsi passer
dans l'esprit de ceux qui écoutent le sentiment qu'on
a, l'impression qu'on éprouve soi-même.

Troisièmement : il ne faut ni précipiter sa lecture,
de manière à ne pas laisser le temps d'en saisir l'en-
chaînement, ni la ralentir de manière à fatiguer et ennuyer les auditeurs; mais il faut mesurer le mouvement de sa parole, comme on mesure celui du chant,

selon la gravité, ou la légèreté du sujet, et selon l'impression que l'on veut produire.

Quatrièmement : il faut éviter absolument trois choses : l'hésitation, la monotonie, l'emphase. Il est impossible de bien lire sans assurance, sans variété de ton, sans simplicité et naturel. Quand vous lisez, à cela près d'un ton un peu plus soutenu, que ce soit comme si vous parliez. Quand vous parlez, vous n'avez pas besoin de songer au ton qui convient à ce que vous dites ; il s'y adapte tout naturellement, vous n'enflez jamais votre voix mal à propos, vous ne traînez pas sur les mots ou sur les phrases, vous n'avez ni fausses intonations, ni accent monotone. Peut-être bien, parlez-vous quelquefois, mesdemoiselles, avec une rapidité et une précipitation qui ne conviendraient pas parfaitement à la lecture ; aussi quand je dis qu'il faut lire du ton dont vous diriez, en parlant, ce qui est écrit, j'entends en parlant devant des personnes à qui vous ne seriez pas contentes de donner de vous une idée défavorable.

Cinquièmement, et ceci est fort important : si vous trouvez l'occasion d'entendre bien lire, ou bien parler, soit dans vos cours d'instruction, soit dans quelque circonstance accidentelle, observez avec attention le ton, la forme, la manière de l'orateur qui dit bien ; cette leçon pratique est la meilleure de toutes, et vaut mieux que les préceptes, lorsque, surtout, il est question d'un art aussi instinctif et aussi varié dans ses applications.

En deux mots, il s'agit de comprendre et de faire comprendre, de sentir et de faire sentir, et de le faire d'une manière agréable pour les autres. Peu importe comment on l'atteint, c'est là le but. On a écrit de gros livres sur l'art de lire ; je n'en connais

pas un qui me satisfasse, et je ne sais qu'une bonne
manière de l'enseigner, c'est de bien lire soi-même et
de dire : écoutez et faites comme moi. J'ai voulu
seulement vous faire sentir, mes chères enfants, ce
qu'il pouvait y avoir d'utile et d'agréable pour vous
à acquérir ce talent, à un degré heureux si vous en
avez reçu le don, passablement du moins si vous
voulez vous en donner la peine. Dans un de ces livres, toutefois, j'ai trouvé une jolie anecdote, très-
propre à confirmer mon dire dans cette petite cau-
serie. Vous ne la lirez pas sans intérêt; la voici :

La petite lectrice.

M. de C...., après une longue suite d'années con-
sacrées à la culture des sciences et des lettres, et
passées dans les honneurs et la considération que
lui avaient acquis ses utiles travaux, s'était retiré à
la campagne, pour y couler modestement et paisi-
blement les restes d'une vie dont les agitations ne
convenaient plus ni à son âge, ni à ses goûts. Il y
avait fait transporter sa bibliothèque, remarquable
par le nombre et par le choix des ouvrages qui la
composaient. C'était le trésor le plus précieux pour
lui. Après les soins donnés à sa famille, son bonheur était de se retrouver au milieu de ces monu-
ments de l'esprit humain, et d'y puiser, dans des
lectures prolongées, ou de nouvelles connaissances,
ou une nouvelle source de méditations sur les sujets
qu'il se proposait de traiter.

Malheureusement, une maladie cruelle vint tra-
verser ses jouissances. Atteint de la petite vérole à
l'âge de cinquante ans, il en éprouva tous les ravages; ses yeux restèrent longtemps fermés à la lu-

mière, et lorsqu'il put les rouvrir, il s'aperçut avec effroi de la perte presque totale de sa vue, résultat d'autant plus affreux qu'il lui faisait entrevoir la perte de ses délassements les plus chers. Ses regrets ne tarissaient pas sur ce malheur ; un noir chagrin s'était emparé de son âme, et faisait la désolation de sa famille.

Tandis que les médecins employaient vainement tous les secours de leur art pour sa guérison, ma-de C...., afin d'opposer quelque diversion au chagrin de son mari, songea à rappeler sa fille aînée d'une maison d'éducation où son père l'avait placée à Paris, pour y perfectionner les dispositions heureuses dont le nature l'avait douée. Hortense était alors dans sa quinzième année, et pouvait être considérée comme un modèle de bonne éducation sous tous les rapports.

Parmi les genres d'instruction qu'elle avait reçus, il en était un dont la maîtresse à qui on l'avait confiée faisait tout à la fois un délassement et un objet d'émulation utile pour ses élèves, et dont elle dirigeait elle-même les exercices avec beaucoup d'habileté et de talent ; c'était la lecture à haute voix. Hortense, grâce à ses dons naturels et à l'intérêt qu'elle avait mis à ce genre d'instruction, était devenue là première lectrice de l'institution ; sa diction, à la fois pure et expressive, soignée et naturelle, sonore et douce, simple et nuancée, offrait à ses compagnes un excellent exemple et la meilleure leçon qu'elles pussent recevoir de cet art agréable.

Ce fut un de ses oncles qui vint la retirer, au nom de ses parents, de la maison dont elle faisait un des principaux ornements, et la ramena au sein de sa famille. Quelle fut l'affliction de cette jeune fille qui chérissait son père au delà de toute expression, lors-

qu'elle le trouva tristement assis dans sa bibliothèque, absorbé sous une large visière qui défendait
ses yeux des atteintes de la lumière dont ils ne pouvaient plus supporter l'éclat, et lorsqu'elle l'entendit déplorer en termes douloureux l'excès de son
malheur ! « Ah ! ma fille, je ne puis plus lire, s'é-
criait-il, à chacune des consolations qu'elle cherchait
à faire passer dans son cœur ; tous mes livres que tu
vois me sont désormais inutiles. — Mais du moins,
mon bon père, vous pouvez entendre lire ; et si *je
devenais vos yeux* dans cette fonction qui me serait
si chère, ne pourrais-je pas espérer d'adoucir une
partie de vos regrets ? — Hélas ! ma chère enfant,
répondit tristement M. de C...., les sujets de mes
lectures favorites ne seraient guère amusants pour
toi, ni peut-être non plus à ta portée ; va, je recon-
nais dans ta bonne volonté l'excellence de ton cœur ;
mais laisse-moi livré à la pauvreté au milieu des richesses qui m'environnent. »

Hortense ne répliqua pas ; mais combien alors
elle sentit le prix du talent qu'elle avait acquis, et
dont elle allait trouver à faire une si douce et si précieuse application ! Le lendemain, la tendresse et la
gaîté sur le front, elle se rendit au chevet du lit de
son père, avec un volume sous le bras. « Bon père,
dit-elle, je viens vous faire une lecture ; j'ai trouvé
sur votre bureau la liste des ouvrages que vous vous
proposiez de relire dans le courant du mois de mars
dernier, époque où vous êtes tombé malade ; je viens
vous proposer la suite de ces lectures, et voici le volume de Bossuet qui est le premier porté sur votre
catalogue. C'est par là que nous allons commencer, si vous voulez me le permettre. »

Le père étonné autant qu'attendri, serra la main
de sa fille dans la sienne, et la laissa faire comme

elle le désirait. Mais bientôt ce qu'il n'avait souffert que par une sorte de condescendance, se changea pour lui en satisfaction réelle. Hortense mit tant de vérité et d'intérêt dans sa lecture, sa diction fut tout à la fois si juste et si correcte, la conduite de ses phrases si posée et si mesurée, son intelligence semblait marcher tellement de pair avec les idées profondes ou abstraites dont elle était l'organe, que M. de C...., après une demi-heure d'attention, ou plutôt de surprise mêlée de joie, l'interrompit pour la serrer dans ses bras et lui exprimer tout ce que son cœur ressentait de plaisir de la lecture qu'il venait d'entendre. « Me voilà à ta discrétion, ma fille, lui dit-il ; oui, c'est par toi que je vais revivre et goûter encore les douces jouissances de l'esprit et de l'âme. Je n'ai rien perdu de ta lecture ; tu m'y as attaché autant que je m'y serais attaché moi-même ; tu as fait passer à mon esprit les idées comme je les aurais vues et senties ; tu m'as fait oublier le plus grand des malheurs. Ah ! jouis des consolations de ton père, qui seront désormais ton ouvrage et ta récompense. »

La pauvre Hortense ne se sentait pas de joie, et quoique son père parût être au comble de ses vœux, c'était encore elle qui était la plus heureuse. Enfin M. de C.... fut obligé de souscrire à tout ce que la tendresse de la charmante jeune fille imagina pour le distraire du sentiment de ses chagrins. Il fut réglé qu'elle lui ferait trois lectures par jour ; une le matin, au chevet de son lit ; la seconde à deux heures après midi, dans la bibliothèque ; et la troisième le soir en famille. Il fut convenu de plus que, dans les intervalles, elle écrirait, sous la dictée de son père, les notes et les observations que M. de C.... ne manquait jamais de faire sur ses lectures. C'est ainsi qu'Hortense, grâces à la culture d'un talent qu'on néglige trop souvent, se vit en état de remplir un devoir touchant de la piété filiale, et de ramener le bonheur dans sa famille.

Une bonne fille.

Née dans une condition aisée et de parents honorables, Louisa Hébrard n'avait que seize ans lorsque son père, ruiné par des spéculations malheureuses, fut séparé de sa famille, et ne laissa à sa pauvre femme, pour tout appui, que le dévouement de sa jeune fille. Louisa se montra digne de cette mission. Elle soigna, elle consola sa mère. Quatre ans plus tard, madame Hébrard, consumée par le chagrin, tomba dans un état de santé déplorable. Louisa, aimable, aimée, estimée, fut, malgré son peu de fortune, recherchée par plusieurs partis riches et honorables. Elle n'hésita pas ; elle sacrifia son avenir à sa mère, et ne comprit même pas son sacrifice. Dix années s'écoulèrent pour elle au chevet de sa mère, sans un regret donné à sa jeunesse, à son bonheur, à la vie semblable à celle des autres. Mais alors commença pour elle une vie de sacrifices sans compensations, de douleurs sans adoucissements, de fatigues sans repos. Sa mère fut frappée, dans l'année 1826, d'une paralysie complète et pourtant douloureuse. Agitée d'une anxiété continuelle, et ne pouvant trouver de bien-être ni de sommeil dans aucune situation, ni le jour, ni la nuit, tourmentée de contractions nerveuses, le corps déchiré d'affreuses plaies, réduite au désespoir, et puis enfin à l'imbécillité, il lui resta sa fille, et avec elle tous les soins de la mère la plus tendre pour l'enfant le plus chéri. En-

tourée de prévenances, comblée de caresses, respec-
tée, obéie, devinée dans ses moindres désirs, satis-
faite dans ses caprices les plus exigeants, privée de
l'intelligence et même de la parole, elle ne fut privée d'aucune des jouissances qui pouvaient encore
adoucir ses maux. Sa fille manqua souvent de pain
à ses côtés, mais elle, elle ne manqua jamais de
rien.

Après vingt années écoulées dans cette entière et
sublime abnégation d'elle-même, Louisa Hébrard,
pâle, flétrie, épuisée, mais toujours fidèle à son angélique mission, s'étonnait de l'admiration, cachait
ses vertus comme on cache une faute, et croyait
n'avoir rien fait que de tout simple pour sa pauvre
mère, dont le dernier soupir a seul mis un terme à
son pieux dévouement.

Il n'est pas nécessaire d'être riche et heureux pour exercer la charité.

Trop souvent, hélas ! il arrive que la pauvreté
inspire l'envie contre les autres et conduit au mal,
mais nous avons vu plus d'un exemple où elle produit au contraire la sympathie et comme un besoin
de dévouement pour les autres pauvres dont elle
connaît les privations et les souffrances. Trop souvent l'excès du malheur concentre sur nous-
même toute notre sensibilité; mais il est heureusement des cœurs dans lesquels il développe une
profonde et sainte compassion pour les douleurs
d'autrui.

Née dans une famille de pêcheurs, à Savenay,
département de la Loire-Inférieure, Françoise Madiot
fut mariée à un marin du Croisic. Après quatre ans

d'un heureux ménage, son mari, embarqué sur le navire du commerce *la Virginie,* tomba à la mer et disparut sous les flots. Le désespoir de la veuve fut d'abord sans mesure : mais elle était grosse ; elle demanda à Dieu la force de vivre pour son enfant, et lui promit d'employer sa vie à le servir dans les pauvres et les affligés.

Elle a fidèlement tenu sa parole, et toute sa vie n'a été qu'une suite d'actes de charité et de dévouement dont nous rapporterons seulement les deux traits suivants :

En 1832, le choléra exerça de grands ravages dans la petite ville du Croisic. La veuve d'un menuisier nommé Picard, y succomba, laissant trois orphelins en bas âge. Françoise Madiot devient la mère de ces enfants, les recueille chez elle, les soigne comme elle soigne son propre fils, contribue de ses rares deniers à faire entrer l'aîné au séminaire de Guérande, et met plus tard les deux filles en apprentissage.

En 1836, le 28 août, une effroyable tempête vint épouvanter les côtes de Bretagne. Le brick *la Mélanie,* de Nantes, commandé par le capitaine Lesourd, du Croisic, parti pour Marseille depuis deux jours seulement, ne put résister à la tourmente et sombra près des côtes, sans qu'un seul homme de l'équipage pût s'échapper pour en apporter la nouvelle. Plusieurs matelots du Croisic avaient péri sur ce navire ; mais la famille la plus à plaindre fut sans contredit celle du capitaine. La dame Lesourd, à peine convalescente d'une longue et cruelle maladie, chargée de trois enfants, dont l'aîné n'avait que trois ans, ne possédait rien au monde que les marchandises confiées au vaisseau naufragé. Malade, elle n'a pas la force de travailler ; mère de trois en-

fants si jeunes, elle ne peut d'ailleurs les quitter ;
que va-t-elle devenir ? faudra-t-il qu'elle succombe
à sa misère, et ses enfants avec elle ? Oh ! non. La
mère adoptive des orphelins Picard saura être aussi
la mère de ces nouveaux orphelins ; la pauvre veuve
du matelot sera la sœur de la veuve du capitaine
naufragé. Elle court chez elle, elle pleure avec elle,
la console, la reçoit dans sa maison avec sa famille,
et plus tard, lorsque madame Lesourd, rendue à la
santé, veut travailler pour cesser d'être à charge à
sa bienfaitrice, celle-ci vend sa couchette et son
armoire pour élever une petite boutique à son
amie, et continue à lui fournir du pain jusqu'au
moment où la famille Lesourd a quitté le pays.

Et ce n'est pas tout ; et les plus indigents du
même pays ont tous connu sa bienfaisance. Et cela
sans appui, sans protecteur, n'ayant pour toute
ressource que le produit d'un four dont elle n'est
que fermière ! Comment une pauvre et faible femme,
avec si peu de moyens a-t-elle pu faire tant de bien,
soulager tant de maux ? qu'on le demande à ceux
qui savent combien la charité chrétienne est héroïque, combien, selon l'expression de saint Paul, elle
est ingénieuse.

La seconde mère.

Autrefois, dans les familles nombreuses, il existait chez les enfants un sentiment de respect pour
le frère ou pour la sœur aînée. Ce n'était pas sans
raison que ce sentiment venait se joindre, dans le
cœur de tous, à celui de l'affection et de la confiance
fraternelles. Chacun semblait avoir naturellement la
conscience de cette intention de la bonne Provi-

dence, qui a voulu que les aînés des familles don-
nassent d'abord aux plus jeunes l'exemple de marcher dans la droite voie, qu'ils aidassent leurs
parents à les élever, et qu'ils devinssent, au besoin,
seconds protecteurs, second père, seconde mère de
leurs frères et sœurs. Quoi de plus naturel, en effet,
quoi de plus social, quoi de plus chrétien, et en
même temps, quoi de plus juste et de plus doux que
l'accomplissement de ce saint devoir ? Et cependant,
il faut l'avouer avec regret, les exemples en sont
devenus rares de nos jours, où il semble que les
liens de la famille se soient malheureusement beaucoup relâchés. Aussi, quand on rencontre un de ces
exemples, en est-on vivement édifié et touché,
comme d'un acte un peu exceptionnel de vertu et
de bon cœur ; et, disons-le à l'honneur du sexe féminin, c'est surtout chez les jeunes filles qu'on retrouve encore, le plus souvent, ce dévouement
fraternel qui justifie le titre respectable et les droits
de *seconde mère*. J'ai vu plus d'une fois des mères
aidées avec intelligence et avec tendresse par leur
fille aînée, dans tous les soins maternels ; j'ai vu
plus d'une fois une sœur aînée restée seule protectrice, seul soutien de ses jeunes frères et sœurs
orphelins, attirer sur elle-même et sur eux l'intérêt
et la bienveillance de tout le monde, par le dévouement, le zèle, l'abnégation, avec lesquels elle ac-
ceptait et accomplissait cette tâche, comme un devoir
tout simple et tout naturel. Peut-être même, parmi
mes lectrices, et j'aime à le penser, en est-il quelqu'une qui se trouve dans cette honorable et touchante position. Dans ce cas, ce sera pour elle un
doux plaisir, et pour les autres une douce leçon, que
la lecture de l'histoire suivante que j'ai lue quelque
part, et que j'ai retenue pour vous la raconter.

M. de Méréville s'était marié fort jeune. Un an
après son mariage, il perdit sa femme qui venait de
donner le jour à une fille qu'on nomma Octavie,
comme sa mère.

Dans l'âge où beaucoup d'hommes songent seulement à jouir des plaisirs du monde, M. de Méréville s'occupa de sa fille, et soigna son enfance avec
autant de persévérance et de sagacité que l'eût fait
la femme la plus expérimentée et la plus tendre
mère. Quoiqu'il fût indispensable de laisser la petite
Octavie entre les mains d'une gouvernante, cette
dernière fut du moins choisie avec tant de discernement et surveillée de si près, que la petite fille
sortit triomphante de toutes les maladies de l'enfance, et aussi avancée au moral qu'au physique.

Plusieurs années s'écoulèrent et les soins de
M. de Méréville ne se démentirent pas. Il en reçut
la récompense : non-seulement sa fille avait pour
lui autant de tendresse que de respect, mais son orgueil paternel put être souvent flatté d'entendre
citer Octavie pour son instruction et son esprit, autant que pour ses grâces et sa bonté. Lorsqu'elle
eut atteint l'âge de quinze ans, son père exécuta
courageusement un projet que lui suggéra la raison.
Ce fut de faire un voyage à l'île Bourbon, où il possédait une habitation jusque-là fort négligée, mais
qu'il jugeait susceptible d'être vendue avantageuse-
ment.

Mais, comme on le dit avec sagesse et vérité,
l'*homme propose et Dieu dispose*. M. de Méréville
qui comptait revenir promptement en France, près
de sa fille (qu'il avait confiée à une institutrice d'un
mérite réel et distingué), ne trouva point d'acqué-
reurs pour son habitation. Il fallut se résoudre à la
faire valoir soi-même, ou à la voir se détériorer. Ces

premiers travaux en nécessitèrent d'autres ; le temps
s'écoula. Ennuyé de sa solitude, fatigué de son iso-
lement, M. de Méréville épousa une jeune veuve,
qui en six années de mariage le rendit père de trois
garçons et de deux filles. Mais ces nouveaux liens
ne refroidirent pas sa tendresse pour Octavie ; et
réunir un jour tant d'objets si chers, était le projet
le plus doux pour son cœur. Cependant, M. de Méréville était loin d'avoir épuisé toutes les épreuves
que lui réservait la Providence. Une maladie épidé-
mique qui régnait alors dans nos colonies indiennes,
lui enleva l'épouse qui le consolait de l'absence de sa
chère Octavie. Veuf pour la seconde fois, il n'aspira
plus qu'à retourner en France avec sa famille. Il
vendit à la hâte son bien et celui de sa femme ; et
ayant reçu en paiement des marchandises coloniales,
il en chargea un bâtiment, sur lequel il s'embarqua
avec ses cinq enfants, et Christine, la femme qui les
avait élevés. Mais lorsqu'ils furent à la hauteur de
la côte d'Afrique, une tempête affreuse s'éleva. Le
capitaine qui commandait le bâtiment avait malheureusement peu d'instruction ; il se trompa dans ses
calculs, et poussé par le vent sur des rochers, que
peut-être il aurait pu éviter, et qui bordaient la côte
en cet endroit, il fut reconnu qu'il ne restait plus
d'espoir, et qu'avant peu un naufrage était inévita-
ble. Cependant, le cap de Bonne-Espérance ne devait pas être très-éloigné : en mettant le canot à la
mer, quelques passagers pourraient peut-être l'at-
teindre et se sauver. Mais les prendre tous était impossible, et comment choisir ? M. de Méréville n'hésita pas, s'oubliant lui même, il fit embarquer ses
enfants et leur bonne, avec le nombre d'hommes
suffisant pour manœuvrer le canot, et ayant remis à
Christine une bourse remplie d'or et une lettre tracée

à la hâte : « L'une servira, dit-il, à vous conduire en France, si le ciel daigne protéger ces innocents enfants ! tu remettras l'autre à ma fille Octavie, à qui je lègue mes pauvres orphelins, et lui diras qu'au moment où approchait ma dernière heure, j'appelais sur elle toutes les bénédiction du Seigneur. »

Qu'on se représente ce malheureux père voyant s'éloigner la frêle barque qui porte ce qu'il a de plus cher, et le bruit du vent couvrant les déchirants adieux des jeunes créatures que les flots vont engloutir, si la main puissante qui commande aux éléments ne vient à leur secours ! qu'on se représente ce tendre père, la tête nue, exposé aux fureurs de l'ouragan, et déjà baigné par les vagues qui vont dans peu d'instants devenir son tombeau ! à genoux sur le pont du bâtiment prêt à s'entr'ouvrir, il oublie son imminent danger, et cherche à distinguer, aussi longtemps qu'il lui est possible, ce petit canot où flottent ses dernières espérances. Oh ! qu'elles sont ardentes les prières qu'il élève au ciel ! avec quelle ferveur l'homme abandonné de tout secours humain s'écrie : « Dieu de bonté, qui pouvez tout, je me confie à vous ! »

Il fit bien, M. de Méréville, de croire et de se confier à la bonté de la divine Providence : ce fut elle qui protégea la barque, et qui, à travers l'abîme des mers et le fracas de la tempête, la conduisit saine et sauve au cap de Bonne-Espérance. A peine en sûreté, Christine sollicita des secours pour le malheureux navire échoué sur une si dangereuse plage, que les matelots désignèrent ; mais hélas ! on n'en retrouva nulle trace, et il parut trop certain que les passagers, l'équipage, le navire avec tout ce qu'il portait, avaient été submergés.

Mais quittons ce triste tableau, mes chères lec-

trices : suivons la jeune famille de M. de Méréville dans l'heureux trajet qu'elle fit du cap de
Bonne-Espérance en France, et allons assiter, à
Paris, à la réunion de ces pauvres enfants sans parents avec le seul appui qui leur restait, leur sœur
Octavie. Cette dernière, instruite du départ de
M. de Méréville, attendait chaque jour son arrivée.
Quel coup de foudre pour cette tendre fille, que la
présence de Christine lui remettant la lettre de son
père, par laquelle il lui léguait ses trois frères et ses
deux sœurs, au moment suprême où il allait quitter
la vie ! qu'ils furent touchants les embrassements de
ces pauvres enfants, s'écriant tous à la fois : « Nous
n'avons plus de père ! »

Quelques jours s'écoulèrent dans la plus vive
douleur. Mais il n'était pas dans le caractère d'Octavie, alors âgée de vingt-deux ans, de se laisser
dominer par la sensibilité, et de ne pas accomplir
avec énergie ce qu'elle regardait comme un devoir.
Son parti fut donc bientôt pris, et il fut irrévocable.
Ses frères et sœurs, par le naufrage du navire qui
portait leur fortune, ne possédaient plus rien au
monde. Octavie n'avait hérité de sa mère qu'une
petite terre, dont le revenu formait, avec une rente
de peu de valeur, toute sa fortune. Elle en jouissait
puisqu'elle était majeure. Elle emmena dans cette
terre ses cinq *enfants,* car dès ce moment elle voulut qu'ils l'appelassent *maman.* Aidée seulement de
Christine et d'une servante pour les soins de la maison, elle se chargea seule de leur éducation. Enfer-
mée avec eux le jour, souvent se privant de sommeil
la nuit, afin de se mettre en état de leur enseigner
ce qu'elle ne savait pas, Octavie reconnut alors l'a-
vantage de l'excellente éducation qu'elle avait reçue. Aidée par de bons livres, animée par un zèle

qui surmontait toutes les difficultés, elle sut préserver sa famille de l'ignorance qui la menaçait, et remplacer pour elle tous les maîtres dont l'eût privée sa
médiocre fortune.

Qui aurait pu refuser son admiration à cette jeune
personne, douée des plus charmantes qualités, et qui,
volontairement séquestrée de toute société, consa-
crait sa vie entière à accomplir des devoirs, quelquefois fatigants et pénibles, car ses jeunes disciples n'étaient pas toujours également dociles et zélés?
Mais dans ces moments de découragement, Octavie
songeait à son père : « Il a consacré à mon enfance
de si tendres soins, disait-elle, que je dois à ses enfants bien plus encore que je ne fais, et du haut du
ciel il me bénira ! »

Ainsi se passèrent plusieurs années, sans que le
dévouement d'Octavie se démentît un seul instant;
la régularité la plus parfaite régnait dans les études,
la plus stricte économie réglait les dépenses. Levée
de grand matin, tandis que les enfants s'occupaient
aux travaux distribués le soir, Octavie surveillait
son ménage, passait en revue leur linge et leurs habits, et préparait les études de la matinée. Après le
déjeuner, tour à tour elle donnait des leçons d'histoire, de grammaire et de géographie. Elle ensei-
gnait à ses jeunes sœurs les travaux d'aiguille, dans
lesquels elle était fort habile. Avant et après le repas, il y avait une promenade ou une récréation. Le
soir on s'occupait de musique ; ensuite celui des
enfants qui avait le mieux travaillé dans la journée,
faisait tout haut une lecture amusante : elle précé-
dait la prière en commun prononcée par Octavie.
Ensuite on s'embrassait, et un sommeil paisible
terminait, pour cette intéressante famille, une utile
et laborieuse journée.

Un plein succès vint payer les soins de l'aimable
institutrice. Nulle famille ne prospérait mieux que
la sienne avec un médiocre revenu. Ses enfants, toujours propres et bien tenus, étaient encore remar-
quables par leur politesse, par l'affabilité de leurs
manières, autant que par leur piété, leur modestie,
et par toutes les vertus chrétiennes et toutes les
qualités sociales, qui préparent dans l'enfance l'honnête homme et la femme de bien. La réputation
d'Octavie et de sa petite famille s'étendit au loin.
Partout où elle paraissait, et ce n'était guère qu'à
l'église et à la fête du village, on entendait retentir
son éloge. Malgré son peu de fortune, plusieurs
propositions de mariage lui furent faites. Mais elle
les refusa toutes. « Que deviendraient mes enfants,
disait-elle, si d'autres soins, si d'autres devoirs venaient partager mon existence? »

Cependant, bien que l'attachement de ses élèves
et l'estime publique, qui suit partout le mérite modeste, fussent déjà la douce récompense d'Octavie,
le bon Dieu, qui avait béni cette pieuse et aimable
fille, lui en réservait une autre. Un jour, c'était le
17 de mai, anniversaire du naufrage de M. de Méréville, que sa famille célébrait avec autant de tristesse que de recueillement, on vint avertir Octavie
qu'un étranger d'un âge mur et d'un aspect distingué demandait à lui parler. Il voulait, disait-il, lui
donner quelques détails relatifs à son père. Comme
elle se préparait à le recevoir, il se présenta dans le
salon où la famille était réunie; la plus vive émotion semblait l'agiter. Mademoiselle de Méréville,
surprise qu'un inconnu pénétrât ainsi dans son ap-
partement, s'avança vers lui avec dignité, et lui dit
que l'objet de sa visite pouvait seul la décider à le
recevoir, dans un jour consacré à pleurer sur le sort

de son malheureux père... « Ah! dites plutôt, s'é-
cria l'étranger, d'une voix que l'attendrissement
rendait tremblante, dites qu'il est le plus heureux
des hommes et des pères! Et priez Dieu pour qu'a-
près avoir échappé à tous les dangers, il ne succombe pas à la joie qui enivre son cœur!... » En
achevant ces mots, l'étranger pâlit, chancelle, et il
est prêt à s'évanouir... Tous les bras s'ouvrent pour
le recevoir. On a reconnu son accent, on retrouve
ses traits, si forts altérés par de longues années de
souffrance, un cri s'échappe : « C'est notre père ! »

Christine accourt et partage les transports de la
famille. Lorsqu'ils permirent à M. de Méréville de
prendre la parole, il raconta à ses enfants qu'au moment où le craquement du vaisseau annonçait sa
perte imminente, il s'était élancé à la nage, et que,
poussé par le vent et les flots, il avait gagné une
petite île où les naturels de cette côte de l'Afrique
venaient pêcher. Ils le firent prisonnier et l'emme-
nèrent dans l'intérieur des terres, où pendant plusieurs années, il éprouva le sort le plus malheureux.
Ayant enfin réussi à s'échapper, il avait gagné un
établissement européen, et après de longues souffrances, il avait revu sa patrie. « Je ne possède rien,
dit-il à sa fille, mais grâce à toi, je supporterai ma
pauvreté avec fierté, car je me glorifie de ma famille,
et mon nom sera toujours honoré. »

Si mes lectrices ont conçu quelque intérêt pour la
bonne Octavie, je suis heureux de pouvoir leur dire,
en terminant ce récit, qu'un vieux parent éloigné
de M. de Méréville, ayant entendu parler de la conduite de cette jeune personne, lui laissa toute sa
fortune qui, sans être considérable, mettait à l'aise
toute cette famille. Octavie s'en fût peu réjouie pour
elle-même, mais elle en fut pénétrée de reconnais-

sance à cause de la possibilité que cela lui donna de
faire plus de bien encore aux siens. Elle plaça ses
frères et les soutint dans la carrière qu'ils embrassè-
rent; ses deux sœurs furent dotées et mariées par
elle; son père acheva, près de cette noble et bien-
aimée fille, des jours heureux et paisibles, et jamais, dans sa famille, on n'appelait Octavie autrement que l'*Ange tutélaire.*

Opinion de plusieurs jeunes filles sur quelques grands hommes de l'antiquité.

J'ai eu autrefois, pendant quelques années, une
correspondance très-intéressante avec un assez
grand nombre de jeunes filles. Cette correspondance
avait lieu par la voie d'un journal que je publiais
pour elles. Je leur adressais des questions sur divers sujets instructifs; elles y répondaient; je fai-
sais connaître les meilleures réponses, parmi lesquelles il s'en trouvait souvent qui étaient tout à
fait dignes d'être ainsi offertes comme modèles. Un
jour, je leur demandai :

*Quel est le personnage de l'antiquité païenne
que vous estimez le plus, et pour quelles raisons?*

Je prie mes lectrices de remarquer que j'établis-
sais le choix seulement entre les personnages de
l'antiquité païenne, car autrement, il n'eût pas été
possible de faire entrer les vertus et les actions de
ces hommes célèbres, en comparaison avec les vertus et les œuvres des véritables héros du christianisme. Quel acte, si grand qu'il soit, mais inspiré
par des motifs purement humains, pourrait être
comparé aux sacrifices, à la force, au dévoûement,

à l'abnégation, à la persévérance qui ont Dieu en
vue, qui sont inspirés et soutenus par l'amour de
Jésus-Christ et par la charité chrétienne ? Le plus
obscur martyr de la foi, la plus humble sœur de
charité sont, en réalité, plus grands que les héros
célébrés dans l'histoire de l'antiquité païenne. Mais
ceux-ci ne pouvaient connaître la vérité qui n'avait
pas encore été révélée ; ils ne marchaient pas aux
clartés du flambleau de la foi ; il est juste de leur
tenir compte de ce qu'ils ont pu faire de bien et de
bon au sein des ténèbres et de l'erreur où ils vi-
vivaient.

Voici les réponses que je crus devoir insérer
dans mon journal. Celles qui les ont faites, et qui
sont aujourd'hui probablement toutes des mères de
famille, les reconnaîtront sans doute, et si elles disent à leurs filles qu'elles en furent elles-mêmes les
auteurs, quand elles avaient leur âge, cela y ajou-
tera pour ces jeunes lectrices un particulier et touchant intérêt.

« Je ne suis pas assez instruite pour juger quel
est le personnage de l'antiquité qui mérite la palme.
Il me semble cependant qu'Aristide fut le plus vertueux ; c'est donc lui que je préfère. On admire en
lui des qualités qui sont rares dans tous les temps.
Une grandeur d'âme peu commune lui faisait sacrifier ses propres intérêts à l'amour de la vertu
et au bonheur de sa patrie. Le mérite des autres,
loin de le blesser, était un titre à son admiration
sincère et modeste. Il en donna la preuve à la bataille de Marathon, en déférant le commandement à
Miltiade, comme au plus habile. Aristide, en s'oubliant ainsi, mit Miltiade en position de remporter la
victoire. Cette grandeur d'âme se montre encore

bien davantage lorsqu'il donne à Thémistocle, peu avant la bataille de Salamine, un avis important d'où dépendait le succès de la guerre... Thémistocle est son ennemi, et il ne pense qu'à lui assurer des succès; n'est-ce pas ce qui met le comble à la gloire d'Aristide ?

« Quelle différence entre la prière que Camille et Aristide adressent à leurs dieux, en partant pour l'exil ! «Fassent les dieux ! s'écria Camille, que mes « ingrats concitoyens soient réduits à la nécessité de « me rappeler ! » Voici celle d'Aristide : «¡Plaise « aux dieux qu'il n'arrive jamais aux Athéniens au- « cun malheur qui force le peuple à se souvenir d'A- « ristide et à avoir besoin de ses services ! » La première montre une âme aigrie par le ressentiment. Quelle modération et quelle noblesse de sentiments dans la seconde !

« Aristide montra un désintéressement et une probité à toute épreuve dans le maniement des deniers publics, puisqu'à sa mort il ne laissa pas de quoi faire les frais de ses funérailles. Il était si juste qu'on lui donna ce titre en public. Ferme et constant dans sa conduite, inébranlable dans tout ce qu'il croyait juste, il porta l'amour de la vérité si loin, qu'il ne la blessa jamais, même en jouant. On regrette qu'une si belle âme n'ait point été éclairée des lumières du christianisme.

« CLÉMENCE DE F... »

« Il me semble que l'homme de l'antiquité que j'estime le plus est Épaminondas ; car dans tous les personnages entre lesquels j'ai à choisir, je n'en estime aucun complétement, c'est-à-dire qu'il n'y en a aucun auquel je ne connaisse un côté faible qui diminue quelque chose de l'estime que, sans cela, j'aurais pour eux. Mais quand je me rappelle tout ce que je sais de l'histoire d'Épaminondas, je n'y trouve que des choses qui la méritent.

« En effet, je ne vois rien de plus beau que le désintéressement, la bonté, la modestie, l'amour filial, l'humanité et la valeur qui caractérisent ce grand homme.

« Ayant appris que le roi des Perses envoyait des ambassadeurs à Thèbes pour tâcher de le corrompre par de superbes présents, il les invita à dîner et leur donna un repas très-simple ; tout chez lui annonçait son extrême pauvreté. « Allez, dit-il en sou-« riant, allez et apprenez à votre maître quelle est « la vie d'Épaminondas ; il comprendra qu'un « homme qui peut se contenter de si peu de chose « méprise l'or et les richesses. »

« Tout le monde connaît la belle parole qu'il prononça après avoir gagné la bataille de Leuctres : « Je me réjouis de ma victoire à cause du plaisir « qu'elle causera à ma mère. » Après la bataille de Mantinée, où il trouva la mort : « Je meurs con-« tent, dit-il ; je laisse Thèbes triomphante, Sparte « humiliée, et la Grèce libre. » Il rendit les plus grands services à Thèbes, sa patrie, qui retomba, après sa mort, dans l'obscurité d'où il l'avait tirée.

« ARIANE L. DE C.... »

« Le personnage le plus estimable à mes yeux est Socrate. Parmi les mille raisons qu'on pourrait donner de cette opinion, sa vertu sublime, la sagesse profonde, la pureté de mœurs qu'il a montrées pendant tout le cours de sa vie, la fermeté admirable qu'il montra à sa mort, me paraissent être sans exemple. Quelle grandeur, quelle noblesse il déploya beaucoup d'adresse. Sa couleur ordinaire est le gris roux ; quelquefois, mais rarement, il est d'un beau blanc ou d'un noir foncé.

Les castors vivent en société et habitent le nord de l'ancien et du nouveau continent. Ils sont surtout très-communs dans le Canada. C'est au bord des eaux qu'ils se réunissent, quelquefois au nombre de deux ou trois cents ; et c'est sur les eaux mêmes, qu'ils construisent, avec un instinct admirable, des habitations solides et commodes, dont l'ensemble présente l'aspect d'une sorte de ville ou de bourgade. Aussitôt qu'ils ont choisi le lieu de leur établissement, avant de songer à bâtir leurs demeures parti- culières, ils commencent par se livrer de concert aux travaux qui intéressent toute la communauté. S'ils se trouvent près d'une eau tranquille et se soutenant toujours à la même hauteur, comme celle d'un lac, par exemple, ces travaux communs se bornent à couper des pieux, à les planter dans l'eau et à garnir tous les intervalles avec de la terre gâchée, afin de former une base à fleur d'eau, semblable à ce qu'on appelle un pilotis, pour construire leurs cabanes par-dessus. Mais s'ils ont affaire à une eau courante et, par conséquent, sujette à croître et à décroître, le travail devient plus considérable. Ils réunissent alors tous leurs efforts pour élever une digue ou bar- rage en travers de la rivière, afin de retenir les eaux toujours à la même hauteur. Ce barrage qui va d'un bord à l'autre, a quelquefois jusqu'à plus de trente mètres de longueur, et on conçoit à peine comment de si faibles animaux peuvent exécuter un aussi im- mense travail. Ils cherchent d'abord tout près de la rivière un grand arbre qu'ils se mettent à ronger par le pied, jusqu'à ce qu'il soit coupé et qu'il tombe en travers. Leurs dents fortes et tranchantes sont très-propres à cette opération, et ils y trouvent du plaisir, parce que l'écorce d'arbre et le bois frais sont un de leurs aliments favoris. Lorsqu'ils sont parvenus à faire tomber ce grand arbre, ils le dépouillent des branches incommodes, jusqu'à ce qu'il se trouve étendu à fleur d'eau. Puis, ils vont couper d'autres arbres plus petits, pour en former des pieux qu'ils savent très-bien faire de la même longueur. Quelques-uns plongent dans l'eau, où ils peuvent se tenir assez longtemps sans respirer, et ils creusent la terre au fond pour y faire entrer l'extrémité du pieu. Ils s'entr'aident avec une singulière intelligence, et au moyen de cet accord, parviennent à mouvoir et à disposer ces lourdes pièces de bois, de manière qu'elles se trouvent plantées les unes auprès des autres avec beaucoup de régularité et toutes au même niveau. Ils vont, après cela, gâcher avec leurs pattes, de la terre dont ils font une sorte de ciment qu'ils apportent dans leur gueule, et avec lequel ils remplissent tout l'intervalle entre les pieux. C'est ainsi qu'ils parviennent à construire une masse solide capable de résister au cours de l'eau. Ce travail achevé, vous concevez bien que, lorsque la rivière décroît, le barrage retient les eaux. Mais quelquefois des crues abondantes dégradent la digue, et les castors savent très-bien alors la réparer.

Au moyen de ces précautions, ces industrieux animaux trouvent sur le bord d'une rivière les mêmes commodités que sur le bord d'un lac. Seulement, dans cette dernière localité, ils n'ont à construire que leur pilotis, dont le travail n'est rien en comparaison de celui de la digue.

Lorsque cette première fondation commune est achevée, chacun songe à bâtir sa demeure. Ces demeures consistent en cabanes, ou pour mieux dire,

cruautés font paraître dans un jour plus brillant la
touchante fidélité d'Eumène, son désintéressement,
son humanité. Ses vertus me semblent avoir quelque chose de doux et de modeste qui manque aux
vertus romaines, même dans les plus beaux temps
de la République.

« CÉLINIE DE B.... »

« Le personnage de l'antiquité que j'estime le
plus est une femme nommée Chélonide qui, quoiqu'elle n'ait peut-être pas fait autant de bruit dans
le monde que beaucoup d'autres, n'en mérite pas
moins l'admiration qu'excite la pratique des vertus
qui rendent une femme estimable. Chélonide était
fille de Léonidas, roi de Sparte, et femme de Cléombrote qui était aussi de la race royale. Son père fut
exilé, et son mari eut assez peu de générosité pour
en profiter et se faire nommer roi à sa place. Chélonide suivit son père, et fut avec lui la fille la plus
tendre. Sparte était alors agitée par de grands trou-
bles, et il n'y restait presque plus de trace de ce
qu'elle avait été. La fortune changea ; le parti de
Léonidas redevenu triomphant, il retourna dans sa
patrie, et chassa du trône Cléombrote qui se réfugia dans le temple de Neptune. Chélonide l'y suivit avec ses deux enfants, et lorsque son père en-
touré de soldats accablait son mari d'injures, elle le
conjura dans les termes les plus touchants, de ne
pas lui donner la douleur de voir ennemis entre eux
deux êtres qui lui étaient si chers. Léonidas, enfin,
consentit à laisser Cléombrote sortir du pays la vie
sauve, et pria sa fille de ne pas le quitter ; mais
Chélonide prit un de ses enfants dans ses bras, donna
l'autre à son mari, et ils sortirent ainsi de leur pa-

trie. N'est-il pas vrai que, dans des circonstances aussi difficiles, il était impossible de se conduire avec plus de constance et de douceur? Sa simple histoire fait assez sa louange, et expose suffisamment les raisons qui me la font estimer, sans qu'il soit besoin d'y rien ajouter.

« ARIANE DE C.... »

La charité des enfants.

Dans une autre circonstance, j'avais adressé à mes jeunes correspondantes la question, suivante :

Un enfant qui ne dispose pas de sommes d'argent, ni d'aucun effet de valeur, a-t-il quelques moyens d'exercer la charité envers les malheureux, et de leur procurer du soulagement? — S'il en a, quels sont ces moyens?

Parmi les lettres que je reçus, les unes répondaient directement à la question, les autres racontaient diverses anecdotes offrant des exemples de charité exercée par des enfants. Voici quelques-unes de ces lettres qui ne me semblent pas devoir être sans intérêt pour vous, mes chères lectrices :

« Comme Dieu a fait de la charité une des grandes vertus du chrétien, il l'a mise à la portée de tous les âges ; ainsi, les enfants qui n'ont pas d'argent peuvent l'exercer en s'imposant des privations. Une de vos jeunes correspondantes, qui est mon amie, à l'âge de cinq ans se privait tous les jours de sucre dans son café, afin de le conserver pour une pauvre femme qui était malade et à qui il en fallait pour ses infusions. Lorsqu'elle se promenait, elle ramassait soigneusement des fleurs pour sa tisane. Elle

15

n'en parlait à personne, et sa mère, qui s'en aperçut, en parla à une de mes tantes qui me l'a raconté.

« On peut aussi soulager les malheureux en leur portant des consolations ; en leur montrant qu'on partage leurs peines ; en leur rappelant que, s'ils supportent avec résignation leurs maux dans cette vie, ils seront récompensés dans l'autre.

« LÉONIE D..., *âgée de douze ans.* »

« Oui sans doute, il est pour un enfant des moyens d'exercer la charité et de soulager les malheureux, même quand il n'a à disposer d'aucune somme d'argent. S'il a eu le bonheur de recevoir de l'éducation, il peut communiquer à des enfants pauvres les petites connaissances qu'il a acquises, et les aider, par cette instruction, à se mettre en état de gagner de bonne heure de quoi subvenir à leur indigence et à celle de leurs parents. Si, malgré sa jeunesse, il a quelque crédit auprès du chef de quelque atelier, il peut l'intéresser en faveur des malheureux qu'il protége, pour procurer à ceux-ci des moyens de travail et d'existence ; tâcher d'obtenir dans quelque hospice des places pour de pauvres infirmes ; travailler lui-même pendant ses récréations, et s'imposer des privations ; enfin, rendre aux malheureux de petits services, leur porter des consolations, avoir pour eux cette compassion qui allége tant le poids de leurs peines. Il me semble si naturel et si doux de compatir aux maux de ceux qui souffrent, qu'il me paraît impossible de ne pas trouver dans son cœur, suivant l'occasion, d'ingénieuses ressources pour les soulager. Et puis enfin, on peut toujours prier pour eux.

« ALINE L..., *âgée de quatorze ans.* »

« Je crois qu'un enfant qui n'a pas d'argent peut secourir un malheureux.

« J'ai vu une petite fille qui demeurait près de nous à la campagne, qui allait passer une partie de sa matinée chez une pauvre femme infirme et malade; elle lui rendait de petits services, et lui donnait ses médicaments, pendant que son mari et ses enfants allaient gagner de l'argent. Le dimanche, comme la pauvre femme ne pouvait pas aller à l'église, la petite fille lui lisait tout haut, près de son lit, les prières de la messe. Cette petite fille n'exerçait-elle pas ainsi la charité envers la pauvre malade ?

« En nous promenant hier sur la grande route, nous avons vu un pauvre homme qui venait de tomber sur le bord d'un fossé; son bâton avait roulé dans ce fossé qui était profond, et il était bien embarrassé. Mon petit cousin courut dans le fossé, lui rapporta son bâton, et avec la permission de sa mère, il reconduisit le vieillard jusqu'à sa maison qui n'était pas éloignée. Henri a rendu un plus grand service à cet homme, que s'il lui eût donné de l'argent.

« HENRIETTE B..., *âgée de dix ans.* »

« Cécile G... et sa bonne sortaient un jour pour la promenade. A peine avaient-elles fait quelques pas, qu'elles voient devant elles un attroupement se former. Elles approchent : une femme, jeune encore, tenant dans ses bras deux petites filles, était étendue sans connaissance sur le pavé; la pâleur de sa figure annonçait assez que la malheureuse succombait à la faim. Des curieux, des indifférents se pressaient autour d'elle; les voisins et les voisines discouraient, faisaient des conjectures. Cécile n'a pas perdu de temps ; elle est entrée chez la portière d'une maison où elle va souvent ; elle s'y est procuré quelque boisson fortifiante ; elle perce la foule, et court prodiguer ses soins à l'infortunée qui allait périr. Celle-ci se ranime, jette sur sa bienfaitrice un regard où se peignent la reconnaissance et l'attendrissement, et serre ses enfants contre son cœur. C'est un ange qui est descendu du ciel pour la secourir.

« Cécile avait obéi au premier mouvement d'un bon cœur ; cent autres auraient fait comme elle : mais la constance dans le bien est plus difficile et plus rare. Il ne lui suffit pas d'avoir prolongé de quelques heures l'existence d'une malheureuse famille, elle veut lui assurer le pain du lendemain. Le bonheur qu'elle a goûté révèle à son âme généreuse de nouvelles jouissances, de nouveaux devoirs. Elle suit les infortunées qu'elle vient de sauver, jusqu'en leur demeure. Quel spectacle ! Dans un grenier à peine éclairé par une lucarne, une mauvaise table, un lit sans draps, une chaise, voilà ce qu'elles possèdent. Un vieux ruban rouge est cloué sur le mur ; c'est tout ce que leur a laissé un mari, un père mort au champ d'honneur. Cécile les quitte, et bientôt elle est de retour avec des provisions pour la journée. Mais comment subvenir aux besoins de cette famille qu'elle adopte ? Sans doute sa mère ne lui refuse rien ; mais dans une bonne œuvre, elle voudrait ne pas céder le premier rôle. Elle a pu pourvoir aux première dépenses, au moyen de quelques bijoux qu'on lui avait donnés le jour de sa fête ; mais ses ressources sont bien bornées, et les besoins de la pauvre veuve renaissent sans cesse. Cécile jusqu'alors avait eu peu de goût pour le travail, elle sent que c'est à lui qu'elle doit avoir re-

cours. « Puisque Dieu m'a fait la grâce, dit-elle, de
« me dispenser de travailler pour gagner ma vie, ne
« m'a-t-il pas imposé le devoir de travailler pour
« aider les autres à soutenir la leur? » Elle se met
donc à travailler ; tout ce que sa mère destine à son
entretien, en fait d'étoffes, elle réclame le droit de le
confectionner elle-même ; elle sera moins élégante
peut-être, mais le salaire de son aiguille, elle le
consacrera au soulagement du malheur. Elle a déjà
trouvé dans sa garde-robe de quoi habiller les deux
pauvres petites filles ; et elle n'a pas eu de peine à
procurer à leur malheureuse mère de l'ouvrage
dans sa famille.

« M. et madame G.... favorisaient en secret l'œuvre
de Cécile, sans paraître s'y intéresser particulièrement. Cécile avait deux amies qui avaient acquis
sur le piano un talent remarquable ; elle-même était
douée d'une jolie voix et chantait avec goût et avec
méthode; elle eut l'idée de donner un petit concert
au profit de ses pauvres. Ses jeunes amies se prêtè-
rent de la meilleure grâce du monde à ce projet, et
madame G... consentit à inviter toutes les personnes
de sa connaissance, à l'égard desquelles elle ne crai-
gnit pas d'être indiscrète par une invitation de ce
genre. Le petit concert fut charmant. Cécile, vêtue
d'une simple robe blanche sans garniture, chanta
avec beaucoup d'émotion une jolie romance intitulée
l'orpheline. Après le concert, elle présenta à chaque
personne une petite corbeille dans laquelle tombè-
rent une quantité de pièces d'or et d'argent dont
chacun connaissait la destination. Cela fit une fort
belle somme, et Cécile était au comble de la joie,
en voyant le sort de la pauvre famille assuré, du
moins pour un assez long temps. Mais son œuvre ne
se bornait pas aux soins matériels. On avait fait en-

trer les deux petites filles dans un asile ; plus tard, elles passèrent dans une école. Tous les dimanches, Cécile elle-même leur faisait réciter le catéchisme, et dans la conversation qu'elle avait avec elles, elle s'efforçait de leur inspirer les sentiments de piété, d'amour de Dieu et de confiance en lui, dont elle était elle-même pénétrée. Elle eut enfin la joie de les voir faire saintement leur première communion. Cécile alors était déjà grande, mais elle n'oubliait pas celles qui lui avaient procuré le bonheur d'exercer la charité dans son enfance, et continua de les protéger en les plaçant en apprentissage, en veillant sur leur conduite, et en ne cessant pas de leur donner des exemples de sagesse et de vertu.

« ROSALIE ***. »

« J'ai lu, dans *les petits Béarnais,* l'histoire d'une petite fille dont la mère était très-pauvre. Cette petite fille était la servante de la maison. Un jour, deux jeunes personnes qui habitaient son voisinage vinrent la voir ; elles la trouvèrent montrant à lire à deux ou trois autres petites filles du village. Quand les écolières furent parties, la petite institutrice dit aux jeunes personnes qui la visitaient : « Je n'ai « pas d'argent à donner, mais je donne à ces pauvres « enfants ce que je possède ; je leur fais part du peu « d'instruction que j'ai reçue, et je m'acquitte ainsi « de l'obligation de faire l'aumône.

« CÉLINIE DE B.... »

« Pendant le rude hiver de 1789, un maçon nommé Durand, demeurait dans une maison isolée aux environs de Paris. Un jour son fils, en s'amusant à glisser sur la glace, son déjeuner à la main, aperçut, étendus sur la neige, un pauvre aveugle et son chien. Ils étaient presque morts de faim, et l'aveugle n'avait pas la force de demander l'aumône. L'enfant lui fait manger son déjeuner, va chez son père, demande deux sous et avec cette somme achète du pain, reconduit l'aveugle à Paris, et ne l'abandonne qu'après l'avoir installé sur une place où il passait beaucoup de monde qui pouvait le soulager.

« A. P.... »

« Bernardin de Saint-Pierre raconte qu'il trouva un jour, dans le parc de Marly, deux petites filles bien mises qui ramassaient du bois sec qu'elles mettaient dans une hotte, tandis qu'un petit garçon mal vêtu et fort maigre mangeait un morceau de pain avec beaucoup d'appétit. Il (Bernardin de Saint-Pierre) leur demanda ce qu'elles voulaient faire de ce bois. Elles lui répondirent que c'était pour le petit garçon ; qu'il avait une belle-mère qui le battait quand il n'en rapportait pas, et que souvent, quand il en ramassait, le suisse le lui ôtait à la porte. « Et comme il avait faim, ajouta la plus « grande, nous lui avons donné notre déjeuner. » La hotte était pleine ; elle la plaça, aidée de sa compagne, sur le dos du petit garçon, puis elle courut à l'entrée du parc pour s'assurer qu'on le laissait passer. »

« Amélie W.... »

« Je me trouve dans ce moment-ci dans une position bien heureuse, car il y a dans notre maison une petite fille à qui j'ai le bonheur de faire du bien.

Cette pauvre petite, le soir, est dans le jardin ou dans la cour, toute seule, et ayant bien froid. Sa mère gagne cependant un peu d'argent en travaillant en journée. Mais la petite ne peut pas, quand elle est revenue de l'école, où maman l'a placée externe, être soignée par sa mère, dont la journée finit beaucoup trop tard. Je l'amène tous les soirs dans la chambre où elle se réchauffe et s'amuse avec mes affaires.

« CÉCILE DE V.... »

« Un jour, nous nous promenions, avec ma bonne amie, Hélène ; nous rencontrâmes une vieille femme qui marchait avec peine et paraissait souffrir beaucoup. Hélène s'arrêta et interrogea la vieille sur ses maux. Elle répondit qu'elle avait la goutte qui la faisait cruellement souffrir, et qu'étant obligée de travailler à la terre pour vivre, souvent elle était forcée de s'asseoir toute la journée dans les champs, sans pouvoir faire un mouvement. Hélène l'écoutait d'un air d'intérêt, et lui donna quelques consolations puisées dans le sentiment de la confiance en Dieu et de la soumission à sa volonté. Puis, en partant, elle lui dit : « Ah ! pauvre femme, que je vous plains ! Et que je voudrais pouvoir vous soulager ! » Elle prononça ces mots d'un ton si vraiment peiné, que la pauvre femme en parut toute consolée. En nous éloignant, j'ai cru entendre la vieille bénir la bonne petite fille qui lui avait dit des paroles si douces et si affectueuses.

« LOUISE D.... »

Je me suis laissé entraîner, mes chères enfants, à multiplier le nombre de ces lettres, par le souve-

nir du plaisir qu'elles me faisaient quand je les re-
cevais, et par l'espérance que vous ne serez pas in-
différentes à cette expression des pensées et des
sentiments édifiants de jeunes filles toutes d'un âge
plus ou moins rapproché du vôtre.

La Providence.

Je vous parle souvent de la Providence, mes chères enfants, je vous en parle presque à l'occasion de
toute chose. Mais comment ne pas en parler souvent? Comment ne pas en parler toujours, lorsqu'à
tout moment et dans tout, elle se manifeste à nous
d'une manière si sensible, si constante, si évidente?
Ce n'est pas assez, pourtant, de la reconnaître et de
la glorifier accidentellement, à propos de tel ou tel
sujet humain qui nous occupe; parlons d'elle, une
fois au moins pour elle-même, pour l'admirer, pour
l'adorer, pour nous prosterner devant elle avec humilité et avec reconnaissance, pour proclamer sa
toute-puissance, sa sagesse infinie, sa miséricor-
dieuse bonté. Mais où trouver des paroles qui puissent exprimer dignement de tels sentiments et de
si hautes pensées? qui puissent les faire arriver,
dans toute leur grandeur, au cœur et à l'esprit des
autres? Je n'ose, mes enfants, l'essayer moi-même;
je n'ose, dans l'humble et familier langage que j'ai
coutume de vous parler, dire ce que la plus magnifique éloquence est à peine digne de faire entendre.
Il est cependant une voix puissante, à laquelle Dieu
avait accordé le don de le louer superbement, et que
le Saint-Esprit inspirait pour parler des choses de
Dieu et de l'éternité; cette voix, c'est celle de Bossuet, du grand évêque de Meaux; je me tais pour

vous laisser écouter quelques-unes de ses admirables
et victorieuses paroles sur la divine Providence.

« Ouvrez les yeux, ô mortels ; c'est Jésus-Christ
qui vous y exhorte... Contemplez le ciel et la terre,
et la sage économie de cet univers. Est-il rien de
mieux entendu que cet édifice ? Est-il rien de mieux
pourvu que cette famille ? Est-il rien de mieux gou-
verné que cet empire ? Cette puissance suprême qui
a construit le monde, et qui n'y a rien fait qui ne
soit très-bon, a fait néanmoins des créatures meilleures les unes que les autres : elle a fait les corps
célestes qui sont immortels ; elle a fait les terrestres
qui sont périssables : elle a fait des animaux admirables par leur grandeur ; elle a fait les insectes et
les oiseaux qui semblent méprisables par leur petitesse ; elle a fait ces grands arbres des forêts, qui
subsistent des siècles entiers ; elle a fait les fleurs
des champs, qui se passent du matin au soir. Il y a de
l'inégalité dans ses créatures, parce que cette même
bonté qui a donné l'être aux plus nobles ne l'a pas
voulu envier aux moindres ; mais depuis les plus
grandes jusqu'aux plus petites, sa Providence se répand partout. Elle nourrit les petits oiseaux, qui
l'invoquent dès le matin par la mélodie de leurs
chants ; et ces fleurs dont la beauté est sitôt flétrie,
elle les habille si superbement durant ce petit moment de leur être, que Salomon dans toute sa
gloire n'a rien de comparable à cet ornement. Vous,
hommes, que Dieu a faits à son image, qu'il a éclairés de sa connaissance, qu'il a appelés à son royaume, pouvez-vous croire qu'il vous oublie, et que
vous soyez les seules de ses créatures sur lesquelles
les yeux toujours vigilants de sa providence paternelle ne soient pas ouverts ? N'êtes-vous pas beaucoup plus qu'eux ? Que s'il vous paraît quelque

désordre, s'il vous semble que la récompense coure
trop lentement à la vertu, et que la peine ne pour-
suive pas d'assez près le vice, songez à l'éternité de
ce premier Être.

« Les desseins, formés dans le sein immense de
cette immuable éternité, né dépendent ni des années, ni des siècles qu'il voit passer devant lui
comme des moments, et il faut la durée entière du
monde pour développer tout à fait les ordres d'une
sagesse si profonde : et nous, mortels misérables,
nous voudrions, en nos jours qui passent si vite,
voir toutes les œuvres de Dieu accomplies ! Parce
que nous et nos conseils sommes limités dans un
temps si court, nous voudrions que l'infini se ren-
fermât aussi dans les mêmes bornes, et qu'il dé-
ployât en si peu d'espace tout ce que sa miséricorde
prépare aux bons, et tout ce que sa justice destine
aux méchants !

« Dieu qui est l'arbitre de tous les temps, qui du
centre de son éternité développe tout l'ordre des
siècles, qui connaît sa toute-puissance, et qui sait
que rien ne peut échapper à ses mains souveraines,
ah ! il ne précipite pas ses conseils. Il sait que la
sagesse ne consiste pas toujours à faire les choses
promptement, mais à les faire dans le temps qu'il
faut. Il laisse censurer ses desseins aux fous et aux
téméraires, mais il ne trouve pas à propos d'en
avancer l'exécution pour les murmures des hommes.
Ce lui est assez, chrétiens, que ses amis et ses serviteurs regardent de loin venir son jour avec humilité et tremblement : pour les autres il sait où il les
attend, et le jour est marqué pour les punir ; il ne
s'émeut pas de leurs reproches, *parce qu'il voit que
son jour doit venir bientôt.*

« Mais cependant, direz-vous, Dieu fait souvent

ménage encore de la place dans la ruche. Les cloisons des alvéoles sont si minces, qu'elles pourraient
être endommagées par le passage fréquent des
insectes ; mais ceux-ci ont la précaution de les garnir, à l'entrée, d'un petit bourrelet qui leur donne
une solidité suffisante.

Pour observer le travail des abeilles, on a imaginé
de faire des ruches de verre ; mais elles sont en si
grand nombre et agissent avec tant d'empressement
et de vivacité, qu'il est fort difficile de distinguer
leurs opérations individuelles. On sait seulement
qu'elles n'ont pas d'autre instrument que leurs
mandibules, pour bâtir leurs cellules, les ajuster et
les polir. C'est avec la poussière des étamines des
fleurs, qu'elles composent la cire dont les alvéoles
sont formés. Celles qui vont recueillir cette matière,
se roulent dans le sein des fleurs, dont la poussière
s'attache à leur corps. Elles la ramassent ensuite
avec leurs pattes dans deux petites cavités, ou sortes
de cuillers garnies de poil, qui tiennent à leurs pattes
de derrière. Ainsi chargées, elles retournent à la ruche. En les voyant arriver les autres vont au-devant
d'elles et avalent la poussière qu'elles ont recueillie.
Cette poussière, dans leur estomac, se change en
cire ; elles la dégorgent et lui donnent ensuite la
forme convenable.

C'est une chose merveilleuse que l'activité et la
sagacité des abeilles lorsqu'il s'agit de construire
une ruche nouvelle. Elles commencent par la visiter
partout, afin de s'assurer qu'il ne s'y trouve aucun
jour, par où d'autres insectes puissent s'y introduire.
S'il en existe, elles les bouchent avec soin, au moyen
d'une sorte de glu qu'elles vont recueillir sur les
arbres. Elles jettent ensuite les fondements des
rayons, qui sont disposés par étages, de manière à

« saint Augustin, que la justine divine prédestinât
« certains biens aux justes, auxquels les méchants
« n'eussent point de part, et, de même, qu'elle pré-
« parât aux méchants des peines dont jamais les
« bons ne fussent tourmentés. » C'est ce qui fera
dans le dernier jour un discernement éternel. Mais
en attendant ce temps limité, dans ce siècle de con-
fusion où les bons et les méchants sont mêlés ensemble, il fallait que les biens et les maux fussent communs aux uns et aux autres, afin que le
désordre même tînt les hommes toujours suspendus
dans l'attente de la décision dernière et irrévocable. »

Vous comprenez, mes chères lectrices, que ces
pages ne sont qu'un bien court extrait du magnifique sermon de Bossuet sur la Providence, dans lequel je les ai choisies au milieu de tant d'autres
belles choses qu'il contient sur ce grand sujet. Je
les ai choisies parce qu'elles vous offrent une explication claire et sensible de l'intention providentielle
dans laquelle est faite en ce monde la répartition
des biens et des maux ; répartition qui étonne parfois notre intelligence bornée, et contre laquelle
l'orgueil humain ose murmurer dans son ignorance
et son aveuglement. Comprenons bien que cette vie
est le temps de l'épreuve, où les biens et les maux
sont mêlés, comme les bons et les méchants sont
mêlés aussi, et qu'au jour du *discernement éternel,*
les bons et les méchants seront à jamais séparés,
les uns pour jouir du souverain bien, les autres
pour en être irrévocablement exclus et être seuls
voués aux maux extrêmes. Comprenons et réfléchis-
sons.

———

La Foi, l'Espérance et la Charité.

Ce n'est pas moi qui vais vous parler encore ; j'emprunte, sur ce grand sujet, la plume d'un grand écrivain.

O homme ! abaisse-toi donc ; mortel coupable, humilie-toi, prosterne-toi, mets ton front dans la poudre, et remplis de tes inconsolables gémissements cette terre, royaume de désolation, que Dieu t'a donnée dans sa vengeance pour exil et pour tombeau, comme on assigne un vil domaine à un roi dépossédé. Mais que dis-je ? réjouis-toi plutôt, et chante avec la nouvelle Sion : « Heureuse faute qui a mérité d'avoir un si grand rédempteur ! » La religion te rend et bien au delà de ce que tu avais perdu ; elle t'élève à une perfection qui t'élève autant au-dessus des anges, que les triomphes de la vertu sont au-dessus d'une innocence paisible et sans combats. Soutenu par la grâce divine, il n'est point de vicieux penchants que tu ne puisses surmonter. Qu'on cesse de me parler de nature corrompue, je ne vois plus, je ne veux plus voir que la nature réparée et resplendissante de gloire. La Foi m'ouvre le ciel, éclaire mon ignorance, fixe mes incertitudes, dissipe les sombres nuages qui environnaient ma raison, et la remplit d'un torrent de lumière. A sa suite marche l'Espérance ; charme éternel de la vie, et l'aimable compagne de l'Amour. Croire, espérer, aimer ; voilà toute la religion. Aucun sacrifice ne coûte lorsqu'on est assuré du prix ; tous les devoirs sont doux à celui qui aime. « Aimez, et faites ce que vous voudrez, » disait un des pères de l'Église : c'est qu'on n'a de volonté, quand on aime, que celle de l'objet aimé. O loi d'amour ! loi

sublime, loi adorable, que n'obtiens-tu pas des
vrais chrétiens ! A l'exemple de leur maître, ils passent dans le monde en faisant du bien. Une charité
immense comme Dieu même, qui la leur inspire,
anime toutes leurs actions, remplit toutes leurs pensées, féconde tous leurs sentiments. Est-ce pour eux-
mêmes qu'ils vivent, ou est-ce uniquement pour les autres qu'ils existent ? Voyez-les voler au secours de
toutes les misères humaines ; voyez-les verser, comme
le Samaritain, l'huile et le baume sur les plaies de
leurs frères. Rien ne les lasse, rien ne les rebute ;
plus vous êtes infortunés, plus vous leur êtes chers.
Leurs trésors sont le patrimoine de l'indigence, leur
temps, leurs soins, leur compassion, leurs larmes,
appartiennent à tous ceux qui souffrent. Êtes-vous
pauvre, malade, infirme, venez ; ils vous soulage-
ront. Votre cœur saigne-t-il de ces blessures secrètes
que l'on s'efforce de dérober à la dure pitié d'une
philanthropie égoïste, accourez, ils vous prodigue-
ront des consolations ineffables, qui adouciront vos
maux, et vous les feront oublier. Pour eux, il n'y a
point d'ennemis, point d'étrangers : il n'y a que des
hommes. Avez-vous commis quelque faute, appro-
chez, ne craignez point : leur bouche ne connaît pas
le reproche insultant ; ils vous plaindront, ils pleu-
reront avec vous, ils s'avoueront faibles comme
vous, et vous montreront, avec le sourire de l'espérance sur les lèvres, le commun libérateur. Bons
pères, bons fils, bons époux, amis sûrs, sujets fidèles, quelle vertu n'est pas la leur ? Et pourtant, loin
d'être épris de leur propre excellence, ils gémissent
incessamment sur leur indignité, se regardent
comme des serviteurs inutiles, et n'attendent leur
récompense que de la gratuite miséricorde de l'être
infiniment bon, qui la leur a promise. Détachés des

biens terrestres, ils n'aspirent qu'à la céleste patrie,
où le Sauveur les a précédés. Honneurs, plaisirs, richesses, rien de ce qui est du monde ne les touche ;
ils n'en aiment, ils n'en désirent que les tribulations
et les croix. Les larmes sont leur joie ; les humiliations, leur gloire ; les souffrances, leur lit de repos.
Frappez-les sur la joue droite, ils vous présenteront
aussitôt la joue gauche ; enlevez-leur leur habit, ils
vous abandonneront encore leur manteau. Persécu-
tez-les, emprisonnez-les, arrachez-leur la vie dans
d'effroyables tortures, ils prieront vour vous le Dieu
qui pardonne, et leurs douces paroles seront des
paroles de bénédiction.

Je m'arrête : sont-ce des hommes que j'ai peints?
Non, ce sont des disciples de Jésus-Christ. Que celui qui n'aperçoit dans la religion qu'une invention
humaine se lève maintenant, et dise : J'aurais créé
cette doctrine, j'aurais changé la nature de l'homme,
j'aurais inventé la Foi, l'Espérance et l'Amour.

La fille de Gélon I.

A la suite d'une horrible conspiration formée par
les Syracusains contre leur roi Gélon I, la famille
entière de cet infortuné monarque fut anéantie dans
un épouvantable massacre. De toute cette famille il
ne restait plus qu'une fille, nommée Harmonia,
mais que les conspirateurs n'avaient pas l'intention
d'épargner plus que les autres. Une jeune fille, à
peu près du même âge que la princesse, entraînée
par son dévouement et par une généreuse affection
pour celle-ci, conçut l'idée de se sacrifier pour la
sauver. Sans lui rien dire de son projet, elle pro-
posa à sa nourrice de la revêtir des habits d'Harmonia, et de la faire passer elle-même pour la fille de

Gélon. La nourrice ne songeant qu'au salut de l'enfant qu'elle avait portée dans ses bras et nourrie de son lait, se prêta avec empressement à ce stratagème, et ayant habillé la jeune Syracusaine avec les vêtements de la princesse, la susbstitua à celle-ci qu'elle avait pris soin de cacher, et la laissa ainsi livrée à la rage des conspirateurs. La noble et courageuse enfant fut impitoyablement égorgée, sans proférer un mot qui pût faire soupçonner qu'elle n'était pas la princesse. Mais lorsque Harmonia apprit ce qui était arrivé, elle fut au désespoir; pénétrée d'admiration pour un dévouement si extraordinaire et si touchant, inconsolable de la perte d'une si rare et si belle amitié, elle ne put se résoudre à être sauvée à un tel prix; elle courut se présenter elle-même aux assassins, leur déclarer qu'on les avait trompés, et leur faire connaître qu'elle était la dernière des filles du roi. Ces hommes cruels, que ne pouvaient toucher ni le dévouement, ni la grandeur d'âme de ces deux jeunes filles, s'emparèrent aussitôt de leur nouvelle victime; et la jeune princesse ne tarda pas à être immolée à son tour.

On ne sait, en vérité, ce qu'on doit le plus admirer, ou du généreux sacrifice de la jeune Syracusaine, ou de la magnanimité de la princesse. Il ne manquait à l'une et à l'autre que la graeurnd et le mérite du sentiment chrétien, qui en eût fait deux martyres au lieu de deux simples héroïnes.

Le naturel et la simplicité.

« Ce doit être une chose bien agréable, disait un jour une jeune fille à sa gouvernante, que de connaître l'art de plaire dans le monde. — Il en est une bien préférable, répondit la gouvernante, c'est de pouvoir plaire sans art. »

Cette réponse était pleine de justesse et de vérité, car on conçoit à peine comment ces deux mots *art* et *plaire* ont pu être réunis pour leur donner un pareil sens. Comment en effet peut-on plaire aux autres ? Par des qualités aimables, sans doute ; or, ces qualités, on les a ou on ne les a pas : si on les a, il n'est besoin d'aucun art pour qu'elles produisent leur effet naturel sur ce qui nous entoure ; si on ne les a pas, l'art de plaire consisterait donc à les feindre, il serait donc tout bonnement une tromperie, un mensonge, et comme tous les mensonges, il finirait par être découvert. Ce qu'il faut pour plaire, c'est-à-dire pour inspirer de l'attrait, de l'affection, de la confiance, c'est d'être aimable, c'est-à-dire d'être bonne, douce, complaisante, serviable, occupée des autres et attentive pour eux, sincère, indulgente, patiente, et dans tout cela je ne vois pas ce que l'art peut avoir à faire. Il n'y a, au contraire, que le naturel et la simplicité qui puissent annoncer et attester que ces charmantes qualités soient réellement dans l'âme, dans l'esprit et dans le cœur d'une jeune personne ou d'une femme. Le naturel, qui est la vérité même, la simplicité, qui est la plus touchante grâce, ne peuvent connaître, ni même comprendre aucun artifice. Ils sont absolument incompatibles avec toute prétention, même celle de plaire, avec toute affectation, même celle d'être aimable. L'art peut imiter la nature physique, c'est là son but, et encore, même dans ses plus grands chefs-d'œuvre, il ne l'atteint qu'imparfaitement ; mais son imperfection est bien autrement grande quand il prétend imiter la nature morale ; son impuissance se trahit toujours par quelque côté. L'hypocrisie la plus habile n'est à la vertu, dont elle cherche le semblant, que ce qu'est un masque à une belle figure. Si bien fait que soit le masque, si merveilleux que soit le déguisement, quelque illusion qu'ils puissent produire pour un moment, les yeux un peu exercés finissent toujours par voir passer quelque part un bout de corne ou de queue du démon. Alors, vous comprenez ce que devient l'artiste trompeur.

Ne cherchez donc jamais à paraître ce que vous n'êtes pas, mes chères enfants; mais si vous n'êtes pas ce qu'il faudrait être, tâchez de le devenir véritablement, efforcez-vous de vous améliorer; vous le pouvez toujours, avec de la volonté, et par la prière qui vous en obtiendra la grâce du bon Dieu. Si vous ne vous sentez pas assez bonnes, assez douces, assez patientes, assez dociles, travaillez sur vous-mêmes avec confiance, demandez le secours de celui qui aide les bonnes résolutions, agissez sur votre caractère avec énergie, avec empire; devenez aimables, non point par un art qui est faux et impuissant, mais par une vertu qui est vraie et toute puissante. Lorsque, par le résultat de vos efforts, vous aurez acquis les qualités que d'autres avaient eu le bonheur de recevoir en naissant, vous serez aussi aimables que celles-ci, sans avoir besoin de recourir à aucun artifice, vous le serez, comme elles, avec simplicité et avec naturel, puisque ce sera devenu pour vous une chose toute simple et comme une seconde nature, et vous y aurez, de plus qu'elles, le mérite d'une noble et heureuse victoire remportée sur vous-mêmes.

Ne vous est-il pas arrivé d'observer... car vous vous jugez bien entre vous, jeunes filles, et quelquefois peut-être un peu sévèrement, ne vous est-il pas arrivé d'observer des changements de cette nature

opérés chez quelques-unes de vos compagnes? N'a-
vez-vous pas dit, un jour ou un autre : « Ah ! une
telle est bien changée à son avantage, elle n'était
pas trop bonne, ni douce, elle était taquine et gro-
gnon ; mais à présent, elle est vraiment bien aimable ; » et après l'avoir longtemps évitée, n'avez-vous
pas eu le désir de vous rapprocher d'elle? C'est que
sûrement celle-là avait fait ce que je viens de vous
dire. Si au contraire, ce changement heureux et
méritoire n'eût été qu'un semblant, qu'un calcul,
qu'un artifice, vous vous en seriez bien aperçues, et
vous auriez dit : « Ah! voilà à présent cette petite une
telle qui fait la bonne et la doucette, et qui s'ima-
gine que nous y serons prises. Elle se figure qu'on
ne voit pas son petit manége. Quelle différence
avec une telle qui est si simplement bonne fille, si
naturellement toute aux autres, si aimable ! »

L'institutrice dont je parlais en commençant avait
donc bien raison ; mais j'ai voulu compléter la petite leçon renfermée dans sa réponse. Je désire que
vous ayez compris qu'on ne plaît et qu'on ne se fait
aimer que par un ensemble de qualités aimables ;
que ces qualités marchent de compagnie avec le naturel et la simplicité, qui en sont tout à la fois et la
conséquence et l'indice ; que ces mêmes qualités,
si on n'a pas eu le bonheur de les recevoir tout d'a-
bord, on peut avoir le mérite de les acquérir et de
les développer en soi. J'ajouterai qu'en général, une
bonne éducation, de bons exemples, ou des relations bien choisies, aident beaucoup à ce développe-
ment : les personnes bien élevées, qui ont eu sous
les yeux des exemples de bonnes habitudes et de
bonnes manières, et qui ont eu assez de sens et de
goût pour en profiter, ne sont pas toujours, pour
cela, douées de grandes et rares vertus, mais au

moins ont-elles presque toujours des qualités aimables et attachantes, et dans leurs manières un naturel et une simplicité dont le charme attire vers elles
et y met tout le monde à l'aise. Mais ce n'est pas
un art, cela est si peu un art, que celles qui veulent
les imiter, sans avoir ce qui les rend telles, le font
avec une gaucherie et une maladresse déplaisantes
et ridicules.

En un mot, mes enfants, n'oubliez pas ce que je
vous répète :

Pas de naturel sans vérité.

Pas de bonne grâce sans simplicité.

Pas d'amabilité sans l'une et l'autre.

Les trois BEAUCOUP et les trois PEU.

Il y a un proverbe espagnol qui dit :

« Trois *beaucoup* et trois *peu* sont pernicieux :
beaucoup parler et peu savoir ; beaucoup dépenser
et peu avoir ; beaucoup présumer et peu valoir. »

Ce proverbe m'a donné à penser, et j'ai quelque
envie de vous communiquer mes réflexions.

Il est pernicieux de parler beaucoup quand on ne
sait que peu de choses. Cela a l'air d'une de ces vérités naïves, comme : quand il fait nuit, il ne fait pas
jour. Eh bien ! pourtant, je vous assure qu'il est
bon, dans l'ordre moral, de réfléchir sur les vérités
même les plus évidentes, et de s'en rendre compte
par le raisonnement, lorsqu'elles sont à la portée de
notre intelligence.

Voyons donc premièrement ce qui peut résulter
pour nous de parler beaucoup et de peu savoir.

En parlant beaucoup, on risque toujours de dire
trop ; en disant trop, on compromet les autres ou

16.

soi-même, on laisse échapper ce que le devoir ou l'intérêt commanderait de tenir caché, on se prépare un repentir ou un regret.

En parlant beaucoup quand on sait peu, on s'expose à chaque instant à manifester son ignorance, à dire des choses sottes et ridicules ; et si l'on a d'ailleurs des qualités bonnes et estimables, on en perd en partie le bénéfice dans l'opinion des autres, parce que les autres remarquent plus facilement, et souvent hélas ! plus volontiers, en nous, ce qu'il y a de mauvais que ce qu'il y a de bon.

Parler beaucoup si l'on ignore qu'on sait peu, c'est de la sottise.

Parler beaucoup si l'on reconnaît son ignorance, c'est de l'imprudence.

Savoir peu, parce qu'on ne nous a pas instruits, c'est un malheur.

Savoir peu, parce que nous n'avons pas voulu nous donner la peine d'apprendre, c'est un état de faute et de honte, qu'il est bien maladroit et bien imprudent d'exposer aux yeux de tout le monde en parlant beaucoup.

Secondement : dépenser beaucoup et peu avoir ; c'est une folie, à laquelle on est entraîné soit par la vanité, soit par la passion, soit seulement par l'habitude.

On y est entraîné par la vanité, par l'ostentation, par le désir de paraître ce qu'on n'est pas, de faire ce que font de plus riches que nous. Hélas ! j'ai remarqué plus d'une fois cette malheureuse disposition même chez des enfants ; j'ai vu des jeunes filles dépenser follement toute la petite somme que leurs parents pouvaient leur donner, pour avoir un bijou, ou même un jouet semblable à celui dont se glorifiait une plus riche, et ensuite se trouver pri-

vées de choses plus nécessaires. Et tout cela en
pure perte, car les autres ne tardent pas à voir ce
qui est au fond, et cela attire leur moquerie.

On y est entraîné par la passion, par le goût de la
toilette, du luxe, par la gourmandise, et autres
mauvais conseillers aussi dangereux.

On y est entraîné par l'habitude : c'est pourquoi
il est très-important de combattre de bonne heure
une semblable disposition, si on la sent en soi. Les
jeunes filles et tous les enfants ont toujours peu d'argent, quoiqu'ils en aient plus ou moins suivant la
condition de leurs parents. Il importe pour leur
avenir qu'ils s'accoutument à borner leurs dépenses à ce peu, et à ne le dépasser jamais par de petits emprunts ou de petits crédits. S'ils contractaient
l'habitude contraire, elle les suivrait plus loin, et
pourrait devenir chez eux cette folie qu'exprime le
proverbe.

Même quand on est riche, mes chères enfants,
dépenser beaucoup est toujours peu sage. Car dépenser beaucoup c'est le moyen d'avoir toujours
peu ; et une chose qui doit consoler du manque de
richesse, c'est de voir que le riche qui dépense
beaucoup est toujours pauvre.

Troisièmement, enfin : beaucoup présumer et
peu valoir, est une sotte et impertinente erreur.
Que pensez-vous d'une jeune personne inhabile et
maladroite qui croit faire toute chose mieux que les
autres ? D'une jeune personne médiocrement intel-
ligente et qui a la prétention de critiquer ou de corriger le travail de ses compagnes ? D'une jeune
personne qui se met en avant avec assurance pour
ce dont elle est incapable ? d'une jeune personne
qui se croit la plus belle, quand la nature l'a peu
favorisée sous ce rapport ? N'est-il pas vrai que

cette triste manie ne saurait conduire qu'à des humiliations, à des mortifications ? Je voudrais vous les épargner, mes chères enfants ; c'est pour cela que je ne néglige aucune occasion, même celle de commenter avec vous un proverbe, si elle se présente.

La consolation d'un bon cœur.

Dans toutes les douleurs de cette vie, la plus douce et plus efficace consolation que Dieu puisse accorder à celui qui souffre, c'est la grâce de pouvoir soulager d'autres douleurs.

Ceux-là seuls peuvent goûter cette consolation, de qui l'âme élevée et le cœur bienveillant ne sont point altérés et aigris par le malheur.

Conserver, au sein des revers et de l'adversité, la douceur du caractère et la sympathie pour le prochain, c'est le propre d'une bonne nature et la preuve qu'une grâce de Dieu est en nous.

Ces trois vérités trouvent leur application dans le fait que je vais vous raconter.

Madame de ***, jeune encore, semblait avoir épuisé déjà la coupe amère. Deux fois mariée et deux fois veuve, ses larmes coulaient encore quand son père mourut soudain, en lui laissant, non pas une grande fortune, comme on le pensait généralement, mais un déficit de plusieurs centaines de mille francs à combler. Un indigne abus de confiance avait ruiné l'honorable vieillard.

Des épreuves aussi cruelles trouvèrent madame de *** forte et résignée. Elle découvrit même dans une position inférieure tout un monde nouveau que ¡a prospérité avait dérobé à ses regards. Ses propres souffrances révélèrent à cette âme d'élite les joies saintes de la charité. Loin que le délaissement des vaines amitiés du monde aigrît son cœur, elle ne sembla pas trouver de consolation plus douce que celle dont nous avons parlé en commençant, de compatir à d'autres misères en s'efforçant de les soulager. Un fils lui restait, seul débris que la Providence lui ménageait dans le naufrage de tous ses bonheurs. Elle se consacra tout entière à l'éducation de ce cher enfant, s'inquiétant surtout, dans sa sollicitude maternelle, de lui donner un cœur chrétien, sympathique aux infortunes d'autrui. « L'amour du bien, la tendre compassion pour ceux qui souffrent, disait-elle à l'une de ses amies, c'est le seul héritage que Dieu me permet de léguer à mon fils... Qu'il soit charitable, le vrai bonheur est là, Notre-Seigneur l'a dit dans le saint livre : *Beati misericordes !* heureux ceux qui sont miséricordieux ! »

Dans le courant de l'année 1849, madame de*** se trouvait un matin en omnibus, peu de temps après la mort de son père. Près d'elle était assise une pauvre femme dont les traits amaigris révélaient ou les souffrances de la maladie, ou l'épuisement, suite de longues privations. Ce visage exténué, cependant, frappa madame de***, en réveillant dans son esprit un lointain souvenir. « Madame, dit-elle à sa voisine, n'étiez-vous point infirmière à la pension de..., il y a vingt-cinq ans ? — Oui, madame. — Alors, vous êtes mademoiselle F...? — Oui, madame. Mais pourquoi ces questions ? — Veuillez descendre avec moi, et vous le saurez. »

Lorsqu'elles furent seules, madame de*** reprit la parole : — Regardez-moi bien, mademoiselle. — Hélas ! mes yeux peuvent à peine me conduire, mais le cœur aidera la mémoire. Ne seriez-vous pas cette bonne Marie V...? — Allons donc ! » Et madame de***, embrassant la bonne vieille et lui serrant les mains avec une cordiale affection, lui demanda ce qu'elle et sa sœur étaient devenues depuis leur séparation. « Hélas ! madame, à la suite de circonstances qu'il serait trop long de vous expliquer, nous avons dû, ma sœur et moi, quitter la pension. Quelques économies nous mettaient à l'abri du besoin ; mais un placement malheureux nous fit tout perdre en nous réduisant aux dernières extrémités. Ma sœur, à la suite de cette catastrophe devint folle, et n'eut d'autre asile que la Salpêtrière. Quant à moi, un seul mot vous dira le triste état de ma santé ! je viens d'entrer aux Incurables. La volonté de Dieu soit faite ; il a ses desseins. Je ne lui demande qu'une grâce encore, celle de mourir après ma sœur, afin de réchauffer, jusqu'à ses derniers battements, son pauvre cœur contre le mien. »

« Chère demoiselle, lui dit alors madame de***, je remercie Dieu de cette rencontre. Vous m'appeliez autrefois à la pension *votre petite Providence*, vous en souvenez-vous ? Eh bien, souvenez-vous maintenant que je veux l'être encore à l'avenir ; et que je promets de ne jamais vous abandonner. »

Cette promesse, madame de*** l'a tenue. Les deux pauvres femmes, la folle et l'incurable, devinrent dès lors comme ses enfants d'adoption, entre lesquelles se partageaient son affection et sa sollicitude. Chaque semaine, elle venait voir mademoiselle F..., en lui portant de l'argent, du linge ; et, ce qui valait mieux, ces bonnes paroles qu'on n'achète pas, et qui sont la plus précieuse des aumônes pour celui qui souffre.

La pauvre folle mourut à la Salpêtrière ; madame de*** se chargea de lui faire rendre les derniers honneurs. « Je n'ai plus rien à désirer maintenant, lui dit mademoiselle F... *Merci ma chère petite Providence*, merci, Dieu vous le rendra. »

Un mois après la mort de sa sœur, mademoiselle F... s'endormit pour toujours. Madame de*** la suivit avec son fils jusqu'à sa dernière demeure, et fit entourer la fosse d'une petite grille surmontée d'une croix, indiquant que là reposait une chrétienne.

C'est ainsi que madame de*** adoucissait ses propres douleurs. Dieu en la soumettant à de terribles épreuves, lui avait donné la force puissante de la charité.

La vertu et le bonheur.

On répète trop souvent peut-être que la vertu trouve toujours sa récompense ici-bas dans le bonheur terrestre, et on s'efforce de le prouver par une multitude d'exemples. Cette proposition, si elle n'était pas une erreur, serait une impiété. L'erreur est démentie par une foule d'exemples contraires ; l'impiété est démentie par la foi. Sans doute Dieu permet quelquefois que la vertu soit récompensée dès ce monde ; il a pour cela ses desseins que nous ne saurions pénétrer. Mais combien d'êtres vertueux, que le malheur, que la misère, que les persécutions même poursuivent jusqu'à leur dernière heure ! Ceux-ci auraient vainement attendu sur la terre le prix de leurs efforts et de leurs sacrifices, parce que Dieu a voulu les éprouver jusqu'au bout, et leur réserver une couronne dans son ciel. Il ne faut pas s'y tromper, ce sont eux qui ont obtenu la meilleure part et la plus grande grâce. Il faudrait ne pas croire à une autre vie, pour n'être point convaincu de cette vérité, que les épreuves et les douleurs terrestres, supportées avec résignation et avec confiance, sont la voie la plus sûre qui mène au bonheur éternel. Ce monde n'est pas assez riche, avec ses biens fragiles et périssables, pour payer le mérite de la véritable vertu. Sa digne récompense se trouve seulement là où le bonheur n'a plus ni terme, ni mesure. Peut-être les biens que Dieu envoie quelquefois dès ce monde aux âmes pieuses et aux cœurs vertueux, sont-ils un soulagement, un repos nécessaires à ceux qui n'auraient pas assez de force pour soutenir la lutte jusqu'à la fin ; mais ils ne sauraient être le dernier mot de la justice divine en faveur de la vertu. Peut-être, quelquefois aussi, ne sont-ils qu'une nouvelle épreuve à laquelle la vertu est soumise ; car ces biens sont séducteurs, ils portent trop souvent avec eux le sommeil, l'engourdissement, l'oubli des deux grandes pensées du devoir et de l'éternité. Et ces biens, ces richesses, ces honneurs du monde, ne les voyons-nous pas, maintes fois, être le partage d'hommes pervers qui en jouissent au milieu de leurs iniquités, tandis qu'autour d'eux tant de justes souffrent et gémissent ? Ne faut-il pas, pour cela, qu'il y ait, dans ces faveurs de la fortune, quelque chose de bien trompeur ? Ne nous faisons donc pas illusion, ne nous figurons pas que les bons doivent toujours être récompensés, et les méchants punis dans cette courte vie ; la véritable récompense des uns, le véritable châtiment des autres, les attend au jour de la justice suprême, et ne peut pas leur manquer. La vertu chrétienne de l'espérance porte ses regards au delà de ce monde, et ne les arrête pas sur ce qui est frêle et passager ; elle se confie en la vérité éternelle en laquelle elle a foi, elle aspire à se trouver dans le sein de la bonté

et de la beauté suprêmes qu'elle aime par-dessus
toutes choses; elle supporte tout avec patience et
douceur pour arriver à ce triomphe. L'âme chrétienne qui souffre en ce monde, bien loin d'envier
les succès des pervers, en gémit pour eux, prie
pour eux, offre pour eux ses propres souffrances en
union avec celles du Sauveur. Quel magnifique et
édifiant spectacle que celui de cette charité qui, du
sein de la misère et des privations, prie pour le riche, du sein des humiliations, pour l'orgueilleux,
du milieu des persécutions, pour ses persécuteurs,
et qui trouve cela tout simple, en regardant la croix
de Jésus-Christ ! Est-ce que vous imaginez, ici-bas,
quelque chose qui puisse être une récompense digne
de cette vertu ? Non, sa digne récompense ne se
trouve qu'au ciel, à la droite de celui qui en a donné
l'exemple au monde.

Sans doute, ceux qui reçoivent cette grâce de foi,
de force et de patience, ne sont pas le plus grand
nombre; mais il en est pourtant beaucoup d'exemples qu'on pourrait citer, sans compter ceux qui
sont ignorés, et de qui la vertu fleurit pour le ciel,
oubliée et inconnue de la terre, dans une sainte obscurité. Ouvrez la vie des martyrs persécutés et tor-
turés pour avoir confessé leur foi ; lisez, sans retourner si loin dans le passé, l'histoire de nos révo-
lutions ; voyez tant de prêtres, tant d'hommes chrétiens, tant de femmes pieuses, et des adolescents
même, victimes de la haine, de la cupidité, de l'envie des méchants, ruinés, exilés, mis à mort par
leurs ennemis. Au sommet de cet amas de douleurs,
voyez une royale famille précipitée du trône dans
les horreurs de la plus effroyable captivité.

Voyez ce roi Louis XVI, bon, juste, clément, modèle de piété et de vertu, insulté, outragé, et ensei-

gnant à son fils, dans sa prison, le pardon des injures, séparé bientôt des siens avec une impitoyable dureté et conduit enfin à l'échafaud comme un criminel.

Voyez cette reine, fière devant la menace des hommes pervers, humblement et pieusement résignée devant Dieu, même quand on l'insulte, même quand on arrache son fils de ses bras pour le livrer à un indigne et grossier gardien, et quand on la conduit à son tour à la mort, demandant pardon au bourreau pour lui avoir involontairement marché sur le pied.

Voyez cette sainte sœur du malheureux monarque, madame Elisabeth, immolée à son tour, et n'ayant, pendant toute la durée de leur martyre, d'autre consolation que son dévouement pour les siens, que ses prières pour leurs ennemis.

Voyez, enfin, ces deux jeunes enfants, le dauphin et sa sœur, devenus orphelins d'une si horrible manière, dont l'un n'a trouvé que dans une mort cruelle le terme de ses misères, et l'autre a été condamnée à pleurer jusqu'à la fin de sa vie sur de si douloureux souvenirs.

Certes, il y avait là de grandes vertus, piété, force, patience, charité, humilité, tout ce que Dieu aime, tout ce que les hommes doivent respecter et honorer, et pourtant les souffrances et l'épreuve n'ont pas eu de terme en ce monde. Mais ces augustes martyrs ont reçu ailleurs le prix de leurs douleurs et de leur sacrifice. L'abbé Edgeworth a dit au roi, au pied de l'échafaud, le mot consolateur: *Fils de saint Louis, montez au ciel!*

La jeune Souliote et ses frères.

Lorsque la Grèce combattait, en 1822, pour

échapper à la domination des Turcs qui pesait sur elle depuis longtemps, il y eut une peuplade qui rendit de grands services à la cause de l'indépendance, ce fut celle des Souliotes. Cette peuplade avait commencé à se former vers la fin du dix-huitième siècle. Composée d'abord de quelques prêtres et de quelques cultivateurs qui, forcés de quitter les plaines pour se soustraire aux exactions dont ils étaient l'objet, s'étaient réfugiés dans les montagnes qu'entoure le fleuve appelé l'Achéron, elle se recruta peu à peu de gens venus de la Macédoine et de la Thessalie, et s'organisa en société, en cherchant à se modeler sur les lois que Lycurgue avait jadis données à Sparte. Ce petit peuple ne connaissait que la guerre, et ne vivait que par elle ; il prit une part considérable, en proportion de son nombre et de sa force, à la lutte que soutenait la Grèce pour reconquérir sa nationalité. Cette part fut telle, qu'elle excita la haine et la colère des Turcs à un point extrême, et qu'une armée commandée par Kourschid-Pacha fut envoyée contre les Souliotes qui ne purent cependant être réduits que par la famine.

De terribles cruautés furent alors exercées contre eux, et au milieu des scènes barbares qui se passèrent sur le sanglant théâtre de ces vengeances, il y eut un fait bien touchant que je veux vous raconter, parce qu'une jeune fille en fut la principale héroïne, et parce qu'il est digne tout à la fois et des héros de l'ancienne Grèce et des héros du christianisme. J'en emprunte le récit à un écrivain éminent, M. Pouqueville, qui en a consigné les détails dans son voyage en Grèce.

« Dès que le satrape fut informé de la prise de Souli, dit cet historien, il partit de Janina pour se

rendre sur les lieux, afin de présider aux vengeances. Il reçut en chemin la nouvelle du massacre
d'une partie des bandes de Souli, au passage de
l'Achéloüs ; il apprit en même temps avec douleur
qu'un nombre plus considérable de fuyards avait
trouvé moyen de passer dans les îles Ioniennes ;
ainsi quelques-unes des victimes avaient échappé à
sa fureur. Mais il trouva encore trop de vengeances
à exercer sur les prisonniers qui restaient. Pendant
huit jours entiers, les exécutions se succédèrent, et
à la lueur des incendies qui dévoraient les villages
du pays des Souliotes, on ne vit de toutes parts que
gibets, pals et supplices. Les femmes étaient préci-
pitées du haut des rochers dans les abîmes de l'A-
chéron ; les enfants vendus à l'encan ; et comme le
dixième des condamnés appartenait aux bourreaux
chargés des exécutions, leur part dans le butin ne
fut pas la moins enviée.

« Après ces premiers excès du crime, le visir, fatigué, sans être rassasié de carnage, reprit le chemin de Janina, entraînant à sa suite les restes de la
population dont il orna son triomphe.

« Leurs tourments, dans les fêtes qui eurent lieu
à cette occasion, furent aussi variés que les caprices
de la soldatesque, dont ils devinrent la proie, sans
qu'aucun des Souliotes, auxquels on offrit le moyen
de l'apostasie pour se sauver, démentît son courage
dans l'agonie des douleurs. On vit des hommes em-
palés expirer lentement, en invoquant le nom du
Tout-Puissant ; un jeune homme, auquel on avait arraché la peau de la tête, fut forcé, à coups de fouet,
de marcher sous les fenêtres du pacha, charmé de
voir jaillir le sang de ses artères. La ville enfin était
métamorphosée en un cirque retentissant des accla-

mations féroces des vainqueurs, mêlées aux cris et aux gémissements des victimes.

« Mais il fallait un triomphe éclatant aux chrétiens, et le spectacle qui ferma les arènes fut illustré par le glorieux martyre de trois jeunes enfants d'une beauté ravissante. Je n'ai pu apprendre leurs noms pour les transmettre à la mémoire du monde chrétien. L'aîné de ces élus avait quatorze ans; sa sœur, onze; et elle marcha au supplice, en conduisant par la main un frère plus jeune qu'elle. On leur avait arraché leurs vêtements !... Une douce sérénité brillait sur la figure de ces prédestinés qu'entourait une troupe de derviches frénétiques, auxquels on les avait confiés !... Arrivée sous l'ombrage fatal des platanes de Calo-Téhésuré, lieu ordinaire des exécutions, la vierge se prosterne, en élevant ses mains au ciel. Elle voit rouler à ses pieds la tête de son jeune frère ; et, pendant que l'aîné luttait contre un ours auquel on l'avait livré, on n'entendit sortir de sa bouche que ces paroles ravissantes : « Père des miséricordes, Dieu exorable, Dieu des faibles, sainte Reine couronnée, prenez pitié de mes frères ! Christ adoré, secourez vos pauvres enfants !... » Comme elle achevait ces mots, un des bourreaux frappa la victime sans tache. La Rose de Souli tomba sur le sein de la terre, et les chœurs des anges reçurent les âmes de ces douces créatures, qui reposent dans le sein de la Divinité.

« Ce supplice glaça d'effroi les mahométans et le satrape, qui se contenta de disperser ce qui restait de familles Souliotes, dans des lieux agrestes, où quelques-unes se soutiennent encore par l'espérance, hélas ! trop vaine, de voir renaître leur patrie de ses cendres. »

Voilà un récit qui rappelle, en 1822, les persécu-

tions païennes des empereurs de Rome. Mais nous
n'avons pas le droit d'accuser la barbarie des mahométans, car nous, qui sommes une nation chrétienne, nous avons vu aussi des jours de folie et de
fureur où l'on immolait et massacrait chez nous des
vieillards, des femmes et des enfants, parce qu'ils
avaient fait le signe de la croix. C'est pour rendre
sans doute le triomphe de la vérité plus éclatant et
plus manifeste, mes chères enfants, que Dieu permet parfois que ceux qui la confessent soient persécutés; il a ses desseins que nous ne pouvons pénétrer; mais nous savons que ces victimes sont les
privilégiées de sa grâce et ses élus.

Pensées morales de jeunes filles.

Voici encore deux questions que j'avais posées à
ces mêmes jeunes personnes avec qui j'étais en correspondance, et quelques-unes des réponses qui y
furent faites par elles.

La première question était celle-ci :

Qu'est-ce que la vanité? à quels inconvénients
expose-t-elle ceux qui y sont enclins?

Voici quelques-unes des réponses que je reçus :

« La vanité est le défaut de celui qui s'attribue
des qualités qu'il n'a pas, ou qui veut se faire honneur de stériles avantages, tels que la richesse, la
naissance, la beauté, etc. La vanité vit de petitesse
et se nourrit de frivolités. Cependant elle est ap-
puyée sur si peu de chose, qu'on a peine à comprendre que ce soit un défaut si commun qu'il est presque universel. Si l'on voulait réfléchir que la naissance est le fruit du hasard, qu'il ne faut qu'un
caprice de la fortune pour disperser les richesses,
enfin que la beauté est bien passagère et s'enfuit

avec les années, on ne concevrait pas que quelqu'un pût se glorifier de biens si faibles et si fragiles.

« Il me serait difficile d'énumérer tous les inconvénients auxquels la vanité expose celui qui en est atteint. En exigeant des hommages, la personne vaine ne s'attire que des mépris, ou plutôt elle inspire aux autres le désir de l'humilier. Chacun se croit un droit de verser le ridicule sur celui qui veut dominer sur tous. Fatigués de l'entendre sans cesse proclamer sa supériorité, tous chercheront à lui prouver qu'elle se réduit à rien; et en butte aux railleries les plus amères, la leçon sera pour lui d'autant plus cruelle, que personne ne le plaindra. »

« CAROLINE *** »

« J'étais hier à une soirée où l'on s'occupa à de petits *jeux innocents*. Il y en a un qui intéresse assez généralement; il consiste à écrire une demande sur un morceau de papier qu'on plie et qu'on jette dans un chapeau. Chaque personne prend au hasard une de ces questions, à laquelle elle est tenue de répondre. On fait ensuite à haute voix la lecture de tous ces bulletins.

« Depuis quelques jours, je me trouvais fort embarrassée pour répondre à la question que vous nous avez faite. Je me suis avisée hier de l'écrire autant de fois que nous étions de personnes prenant part au jeu dont je viens de vous parler, et de substituer mes billets à ceux qui étaient déposés dans le chapeau, de manière que tout le monde a eu à répondre à la même question, qui est la vôtre.

« Permettez-moi de vous soumettre le dépouillement de cette espèce de scrutin secret, en vous priant de faire, dans la litanie que je vous adresse, tel choix que vous jugerez convenable.

« *Définitions de la vanité :* L'orgueil fondé sur les petites choses. — Amour de l'estime et des louanges qu'on ne saurait mériter. — Le sacrifice d'un sot aux sottes idées d'autrui. — La fille de l'orgueil et de l'ignorance. — Le conseiller des sots. — Le miroir des petites âmes. — L'illusion d'un nain monté sur des échasses. — La conscience des faibles qui se croient forts. — La consolation des gens médiocres auprès des hommes supérieurs et modestes. — Le triomphe du fat chez les imbéciles. — La doublure de l'orgueil.

« Je résume en peu de mots, pour éviter les redites, ce qu'ajoutaient nos petits bulletins, sur les inconvénients de la vanité :

« C'est la source de grandes peines ; elle nous abaisse autant qu'elle voulait nous élever ; elle nous rend dupes de tout le monde, nous fait entreprendre au delà de nos forces, nous rend aveugles et sourds ; elle ne nous donne de confiance qu'en nous, et veut que nous rapportions tout à nous-mêmes ; de là nos fautes les plus graves, et l'égoïsme le plus dur. Enfin, la vanité attire sur nous la pitié dédaigneuse des bons, la haine des gens médiocres, l'amitié menteuse et intéressée des méchants, et l'estime seulement des sots. »

« ROSALIE. »

« La plus sotte, je pourrais dire la plus irreligieuse des vanités est celle des richesses. Nous devons penser que nous ne les possédons que pour ce monde, et qu'elles ne contribuent en rien à notre bonheur ou à notre malheur éternel. Dieu en accorde à quelques hommes, mais c'est pour en faire un bon usage, et ils ne doivent point s'en prévaloir devant ceux à qui elles ont été refusées. »

« ARIANE S... »

« La vanité est petite et mesquine. Elle expose celui qui en est atteint à de grandes humiliations ; car comme il est disposé à froisser l'amour-propre des autres, il rencontre partout les mêmes dispositions à son égard. »

« CÉLINE L... »

« Les vertus qui sont contraires à la vanité sont, je crois, l'humilité, la douceur et la bienveillance. Toutes trois nous font aimer quand nous sommes jeunes, et respecter quand nous sommes plus âgées, autant que la vanité nous fait haïr à tout âge. »

« SOPHIE ***. »

« La personne vaniteuse sera haïe et méprisée de ses inférieures qu'elle traite avec hauteur et dureté ; dédaignée par ses égales au-dessus desquelles elle veut s'élever ; enfin, elle sera la fable de ses supérieures qu'elle voudra singer. »

« L..... »

« Ah ! que n'avons-nous sans cesse devant les yeux, pour abaisser notre vanité et notre orgueil, celui qui vint sur la terre, non pour faire éclater sa puissance, mais pour nous montrer que l'humilité est la plus belle des vertus ! Il l'a pratiquée jusqu'au dernier soupir ; et du haut de son trône céleste, il ouvre ses bras à l'humble qui s'oublie lui-même pour s'anéantir devant lui. Oh ! si nous pouvions posséder la vertu d'humilité, elle nous conduirait à la perfection ! »

« J... D... »

Ma seconde question était particulièrement adressée à mes plus jeunes correspondantes, au-dessous de l'âge de dix ans. C'était celle-ci :

Quelle est la première chose à faire, quand on on a eu le malheur de commettre une faute?

Voici des extraits des meilleures réponses :

« Votre dernière question paraît facile au premier abord ; car il est tout simple de dire que, lorsqu'on a eu le malheur de commettre une faute, la première chose à faire est de la réparer. Mais comme il y a plusieurs genres de fautes, il y a plusieurs moyens de les réparer. Je crois que, dans tous les cas, il faut toujours commencer par demander pardon à Dieu, puisque toutes les fois qu'on commet une faute on l'offense. Il faut aussi en faire l'aveu à son père ou à sa mère, et les consulter sur ce qu'il faut faire. Ensuite si, par cette faute, nous avons offensé quelqu'un, c'est à notre cœur à nous dicter la réparation. Si cette faute, comme la gourmandise, la paresse, etc., n'offense personne, il faut, pour la réparer et nous en corriger, s'imposer une privation, remplir une tâche, et surtout faire bien exactement la pénitence qui nous sera imposée par notre confesseur, en priant Dieu de nous faire la grâce de nous corriger... »

« LOUISE D... »

« Vous nous avez fourni vous-même la réponse à votre question, en nous disant, il y a quelque temps, que le moyen le plus sûr de se faire pardonner un tort, est de l'avouer avec candeur. Lorsqu'on a fait

une faute, on doit en demander pardon à Dieu et le
prier de ne pas permettre qu'on y retombe : « Par-
« donnez-nous nos offenses, comme nous pardon-
« nons à ceux qui nous ont offensés, et ne nous lais-
« sez pas succomber à la tentation, mais délivrez-
« nous du mal. »

« Il faut ensuite tout avouer à ses parents ou à
ses supérieurs, et demander pardon à la personne
que l'on a offensée. Un enfant doit aussi écouter les
conseils qu'on lui donne alors, et s'en souvenir pour
l'avenir.

« Lorsque, par la faute dont il s'est rendu coupable, il a donné mauvaise opinion de lui à quelqu'un,
il doit mettre tous ses soins à se rétablir dans l'esprit de cette personne. »

« AMÉLIE W... »

« Un enfant qui a eu le malheur de commettre
une faute, doit s'en servir pour s'exciter à la défiance de soi-même ; il doit réfléchir au besoin qu'il
a des secours de Dieu et des personnes plus sages
que lui. »

« LÉONIE D... »

« Il faut écouter avec docilité les réprimandes
qu'on vous fait, imiter le saint roi David en pleurant sur ses fautes, et tâcher de les réparer par une
meilleure conduite. »

« AIMÉE L... »

« Quand j'ai commis une faute et que je n'ai pas
encore demandé pardon, je ne puis rien faire de
bien ; et je suis bien plus heureuse quand j'ai réparé
ma faute, et maman l'est aussi. »

« SOPHIE S... »

Puissiez-vous, chères lectrices, écouter et mettre en pratique ces simples conseils que vous donnent des enfants comme vous.

La reconnaissance.

Je veux vous parler de la reconnaissance, chère lectrice ; et je ne crois pas pouvoir le faire d'une manière plus agréable pour vous et plus communicative, qu'en reproduisant encore ici quelques-unes des pensées qui me furent exprimées, sur ce sujet, par plusieurs de ces mêmes jeunes filles qui répondaient souvent de si bonnes et si jolies choses à mes questions :

« La reconnaissance, disait l'une d'elles, est un devoir ou plutôt un sentiment naturel, qui, en nous rappelant des bienfaits reçus, nous inspire le désir d'y répondre. *C'est la mémoire du cœur,* a dit un sourd-muet à qui on faisait la même question que vous venez de nous adresser ; et il me semble que cette définition est très-juste, car comme tout ce que nous avons appris est gravé dans notre mémoire, c'est-à-dire dans notre tête, ainsi le souvenir des bienfaits est gravé dans notre cœur, d'où il doit s'effacer moins facilement que les choses apprises ne s'effacent de notre mémoire.

« Les enfants doivent, comme tout le monde, être reconnaissants envers ceux qui leur font du bien : d'abord envers Dieu de qui ils tiennent tout, même la faculté de sentir et de reconnaître un bienfait ; envers leurs parents, les auteurs de leurs jours, pour eux les distributeurs des bienfaits de Dieu, qui guident leur enfance, président à leur éducation, et sacrifient souvent leur repos pour rendre leurs enfants heureux et dignes de l'être. Les enfants doivent encore de la reconnaissance à leurs maîtres et à tous ceux qui, d'accord avec leurs parents, cherchent à former leur cœur, à cultiver leur esprit, et à leur procurer des talents utiles et agréables. Un certain nombre d'enfants vous doivent aussi de la reconnaissance, à vous qui paraissez prendre tant d'intérêt à notre véritable bonheur.

« Quand on sait à qui l'on doit de la reconnaissance, on sent que ce n'est pas seulement un devoir, mais un véritable plaisir, parce qu'il est doux de sentir qu'on nous veut du bien. La reconnaissance est une chose si naturelle, si simple, qu'il faut avoir un bien mauvais cœur pour n'être pas pénétré des bienfaits dont on a été l'objet; c'est pourquoi je pense que l'ingratitude est l'injustice la plus noire, et qu'il y a peu d'hommes qui en soient capables. J'espère que nous ne tomberons jamais dans cet odieux défaut, et que nous tâcherons toujours de nous montrer reconnaissantes, envers Dieu, par la piété; envers nos parents, par l'obéissance, le respect, la confiance et l'amour filial; envers nos maîtres, par nos efforts pour seconder les leurs, et pour profiter de leurs leçons et de leurs conseils. »

« CATHERINE P.... »

« La reconnaissance est le souvenir d'un bienfait reçu, uni à une volonté ferme de rendre la pareille autant qu'il sera en nous... Cette vertu est la source féconde d'une foule d'autres vertus. Qu'est-ce que l'amour de Dieu, sinon la reconnaissance pour son infinie bonté, et pour ses bienfaits sans nombre? Qu'est-ce que la piété filiale, si ce n'est la reconnaissance envers nos parents? Car c'est à eux, après

Dieu, que les enfants doivent tout ce qu'ils sont et tout ce qu'ils possèdent. Nous avons tant reçu d'eux, qu'il semble que jamais nous ne pourrons nous acquitter. C'est d'eux que nous tenons les premiers biens; n'est-ce pas eux qui les premiers ont droit à notre reconnaissance?... »

« MARGUERITE L.... »

« La reconnaissance n'est pas seulement un devoir, elle est aussi une vertu, puisqu'elle rend capable de toute sorte de sacrifices. Mais, différente de quelques autres qui coûtent à acquérir, c'est une vertu aussi facile que douce, et qui nous vient tout naturellement. Quoique j'aie souvent entendu dire qu'il y avait peu de personnes véritablement reconnaissantes, j'ai de la peine à le croire, et je les plains sans les comprendre; car, après le bonheur d'obliger les autres, il ne peut y en avoir de plus doux que celui de se voir soi-même l'objet de leur obligeance, et de sentir dans son cœur qu'on est capable de leur rendre tout ce qu'ils font pour nous, au moins en tendresse et en affection, si on ne le peut autrement. »

« E. D. »

« Un ingrat n'est pas heureux, car celui qui ne sait pas reconnaître un bienfait doit avoir un bien mauvais cœur. Il est si doux d'être reconnaissant!... »

« *** »

« C'est la reconnaissance qui produit cette tendre émotion que nous éprouvons à la vue d'une personne qui nous est chère par ses bienfaits, et qui lui donne ce doux pouvoir qu'elle a sur nous.

« Pour les âmes communes, la reconnaissance
peut ne paraître qu'un devoir que, trop souvent
même elles trouvent pénible à remplir ; mais elle est
un sentiment naturel et même un besoin pour les
âmes élevées. »

« ALINE L.... »

« A Athènes, il y avait un tribunal où l'on punis-
sait les ingrats ; mais il y en avait si peu, que les
juges étaient presque toujours à rien faire. Ennuyés
d'aller à leur tribunal et de n'y trouver personne,
ils attachèrent une corde à une grosse cloche, et
quand on avait besoin d'eux on la sonnait. Mais
comme cela arrivait si peu souvent, que l'herbe eût
le temps de pousser contre le mur, elle s'entortilla
à la corde. Un homme avait un cheval qui avait
vieilli à son service : le pauvre animal infirme ne
pouvant plus le servir, il le renvoya en disant :
« Puisque tu ne peux pas me servir, ce n'est pas la
« peine de te nourrir. » Le cheval marcha quelque
temps, et se trouva dans la rue où demeuraient les
juges du tribunal contre les ingrats. Ayant faim, et
voyant de l'herbe, il s'approcha pour la manger. Mais
elle était tellement entortillée avec la corde, qu'à
chaque fois qu'il la tirait la cloche sonnait. Les juges
vinrent, et furent fort surpris de ne voir personne,
si ce n'est le cheval qui tirait la corde. Ils demandè-
rent à qui il appartenait. On leur répondit qu'il n'appartenait à personne, et que son maître l'avait mis
à la porte, pour ne plus le nourrir parce qu'il ne
pouvait plus servir. « Voilà une grande ingrati-
« tude ! » s'écrièrent les juges. Ils firent venir
l'homme à qui avait appartenu le cheval, et ils le
condamnèrent à payer tous les ans une somme pour
pourvoir à la nourriture du pauvre animal. C'est

ainsi que cet homme fut puni de son mauvais
cœur. »

« VICTORINE P.... »

J'aime à croire fermement, mes enfants, que vous
pensez et sentez toutes, comme les jeunes personnes qui ont écrit ce que vous venez de lire.

Le respect, la considération, l'estime.

Ne vous étonnez pas, chères jeunes lectrices,
que j'aime à vous faire donner ainsi des conseils
par vos pareilles ; il me semble qu'ils doivent
être écoutés avec un intérêt et une attention auxquels une certaine curiosité doit ajouter quelque
chose. De plus, le seul fait de ce conseil donné par
une jeune personne, renferme en soi un bon exemple ; car il faut croire que celle qui connaît si parfaitement ce qui est bien, ce qui est de devoir, ne
peut pas manquer de s'y conformer et de le pratiquer.
Autrement, elle n'oserait certes pas le dire, et avouer
ainsi qu'elle agit mal avec une si parfaite connaissance de cause.

Voici donc ce que m'écrivait un jour, et ce que
vous dit aujourd'hui une jeune fille de quatorze ans
alors, et qui est devenue depuis une mère de famille
excellente, comme vous pourrez le penser après
avoir lu sa lettre.

« Le *respect* est un sentiment d'estime élevée, de
crainte affectueuse, de soumission, de déférence,
que Dieu a mis dans nos cœurs pour ceux qu'il a
placés au-dessus de nous, et dont il nous a fait un
devoir à leur égard. C'est un hommage qui honore
celui qui le reçoit, parce qu'il établit sa supériorité,
et celui qui le rend, parce que cet aveu de l'excel-

lence d'autrui tient à la justice, à l'amour de l'ordre, à tous les sentiments honnêtes, et que notre respect pour ceux qui ont droit d'y prétendre, est la mesure de celui que nous pourrons mériter un jour nous-même.

« Les signes extérieurs du respect se modifient suivant nos relations avec ceux qui en sont l'objet. Envers nos parents, il se manifeste : par la soumission, l'exacte obéissance, la crainte de les offenser, et l'empressement à leur plaire. Envers nos maîtres : par l'attention à leurs leçons, la déférence à leurs avis, et la docilité à ce qu'ils nous prescrivent. Envers les personnes d'un rang élevé et d'une naissance distinguée : par des hommages extérieurs, que règlent l'usage et les bienséances. Enfin, le respect envers qui que ce soit s'exprime par des manières réservées, et des égards plus distingués que ceux de la simpl e politesse.

« No us montrons du respect pour l'autorité, en nous soumettant à elle en ce qui nous concerne, et en ne condamnant pas légèrement les actes qui en émanent.

« Celui que nous devons à nous-même consiste, non-seulement à nous abstenir de toute habitude vicieuse, mais encore à observer avec soin toutes les bienséances d'état.

« Si par malheur ceux à qui, par position, nous devons le respect, ne méritaient pas personnellement notre estime, nous ne serions pas dispensés pour cela d'une conduite respectueuse envers eux, et même d'un degré de respect intérieur, qui nous porterait à les plaindre, nous imposerait silence sur leurs défauts, et ne nous permettrait d'envisager que les titres qui nous les rendent respectables.

« L'*estime* est le sentiment avantageux que nous

avons d'autrui, et l'approbation intérieure que nous
donnons à ses bonnes qualités. C'est d'elle que naissent le respect, la confiance, l'amitié, selon que ceux
qui nous l'inspirent sont nos supérieurs, ou nos
égaux. S'ils sont nos inférieurs, elle les rapprochent
de nous.

« Tous ne peuvent pas prétendre au respect ;
puisqu'il suppose une prééminence qui ne peut
jamais être le partage que de plusieurs ; mais il n'est
personne qui ne puisse et qui ne doive prétendre à
l'estime ; puisqu'il suffit, pour la mériter, de s'acquitter fidèlement de ses devoirs religieux et so-
ciaux.

« L'expression générale de l'estime est ce qu'on
appelle la *considération* : c'est le fruit d'une réputation honorable, c'est une sorte d'hommage universel, dont on se plaît à entourer surtout ceux qui
joignent à des talents le pouvoir et la volonté d'en
faire un bon usage.

« La *considération* admet un degré de supériorité
de la part de celui qui l'accorde, au lieu que le respect suppose toujours la supériorité du côté de celui qui l'inspire. La considération d'un supérieur,
s'obtient aux mêmes titres qui lui méritent notre
respect.

« L'estime est un sentiment réel, la considération
n'en est que le résultat ; quelquefois même ce n'est
qu'un hommage purement extérieur, rendu à la richesse ou au rang, quand ces avantages sont séparés du mérite.

« En supposant les titres égaux : le respect s'attache à la vertu ; l'estime aux qualités sociales ; la
considération aux talents et au crédit.

« Je me garderai bien, en terminant cette lettre,
de vous assurer de ma *considération* ; mais je vous

offrirai l'hommage de mon respectueux attachement. »

« LÉONIE Q... »

Quelque bien pensée et bien écrite que soit cette
lettre, je crois devoir y ajouter un mot pour la compléter, en vous disant : qu'il est une sorte de respect général que tous les hommes se doivent réciproquement entre eux, quels que soient le rang, la
puissance, le génie, la valeur sociale de chacun ;
respect que le plus grand doit encore au plus petit,
pour cela seul que chacun est une âme humaine,
créée à l'image de Dieu, et rachetée par le sang du
Sauveur. Ce respect universel et réciproque a sa ma-
nifestation magnifique dans le sentiment de la charité
chrétienne.

L'esprit de contradiction.

Il est un défaut fort désagréable et fatiguant, qui
semble destiné à exercer la patience des esprits sen-
sés et raisonnables, c'est ce qu'on appelle l'*esprit de
contradiction*. Ce défaut est très-commun chez les
enfants, et, il faut bien que je l'avoue, mes chères
jeunes lectrices, c'est surtout dans votre sexe qu'il se
montre fréquemment. Il est peu probable que chacune de vous ne l'ait point rencontré soit chez quelqu'une de ses compagnes, soit peut-être en elle-
même. Je ne puis donc me dispenser de vous en
parler, car vous seriez étonnées que je n'y eusse pas
pensé ; et d'ailleurs, je le dois, parce que, pendant
qu'il en est temps encore, il faut vous avertir de ce
que cette disposition a de fâcheux, dès la jeunesse,
et des conséquences qu'elle aurait dans l'avenir pour
celles d'entre vous qui la laisseraient se développer

en elles, et ne s'efforceraient pas de s'en corriger.

Afin que vous ne supposiez pas que j'exagère, ou que je suis trop sévère à l'égard de ce défaut, parce que je ne suis plus jeune, je vais vous faire connaître l'opinion de deux ou trois jeunes filles comme vous et de votre âge sur l'esprit de contradiction. Vous ne pourrez avoir aucun prétexte pour récuser de semblables autorités.

« L'esprit de contradiction, écrivait l'une d'elles, âgée de quatorze ans, est le besoin qu'on éprouve d'émettre un avis contraire à celui des autres, une sorte d'opposition à leurs opinions et à leurs discours. Deux autres défauts donnent naissance à celui-ci ; la vanité et l'entêtement : la vanité, parce qu'elle veut avoir toujours plus raison que les autres, même quand elle n'aurait pas le sens commun ; l'entêtement, parce qu'il vous engage souvent à persévérer avec obstination dans votre contradiction, étant d'accord avec la vanité pour trouver trop dur de céder et d'avouer qu'on s'est trompé. En général, les personnes qui manquent de justesse d'esprit, sont les plus portées à contredire ; mais il peut arriver aussi que celles qui ont une grande rectitude dans le jugement, étant, par cela même, plus blessées de voir les autres en manquer, les contredisent facilement.

« Les personnes qui ont le malheur d'être atteintes de l'esprit de contradiction, forment difficilement une liaison durable, et se font rarement aimer : on n'en sera point étonné, si l'on réfléchit que, tous les hommes tenant par instinct et par habitude à leurs opinions, l'esprit de contradiction doit nécessairement les blesser, puisqu'il les heurte ouvertement. Tâchons donc d'éviter un défaut qui peut altérer l'affection de ceux avec qui nous vivons, et travaillons, au contraire, à acquérir une certaine flexibilité douce et raisonnable de caractère, plus particulièrement utile encore aux jeunes personnes destinées par la nature de leurs devoirs à plier toute leur vie.

« Bien que l'esprit de contradiction soit un défaut que l'on doive soigneusement éviter, il ne faut pourtant pas tomber dans l'excès contraire, et avoir pour l'avis des autres une constante adhésion, même lorsqu'il est contraire à notre conviction réfléchie et raisonnée ; ceci finirait par dégénérer en bassesse et en lâcheté ; mais on doit toujours soutenir son opinion avec douceur et mesure, et jamais dans l'intention de contrarier. Ce défaut blesse encore plus chez les enfants, et surtout s'ils s'en rendent coupables envers leurs parents, puisqu'ils doivent les vénérer, ou envers leurs supérieurs, puisqu'ils doivent respecter leurs avis et s'y soumettre. S'ils ne pensent pas comme eux, leur devoir est de se retrancher dans un silence respectueux, que commandent les égards et la déférence.

« C'est dans la religion que nous pouvons puiser le seul remède efficace pour nous guérir de l'esprit de contradiction, puisqu'elle seule nous inspire la véritable humilité, et nous préserve de la vanité et de l'orgueil, source ordinaire du désir de contredire : cherchons donc constamment à acquérir cette vertu, et corrigeons-nous d'un défaut dont les conséquences sont si fâcheuses, et qui nuit tant au bonheur intérieur.

« Les inconvénients qui en résultent sont, comme je l'ai déjà dit, de refroidir pour nous le cœur de nos amis, en les choquant par une opposition perpétuelle ; de troubler la paix des familles et la douceur des relations intimes ; de nous exposer à man-

18

quer à nos devoirs envers nos parents et nos supérieurs ; enfin c'est un signe certain que nous n'avons
ni la modestie, ni l'humilité, vertus si aimables,
qu'elles nous attirent toujours l'affection et l'estime
des autres. »

« S. V. »

« L'habitude de nous opposer à tout ce qui se
dit, sans distinction du faux et du vrai, nous place
souvent dans la nécessité de chercher des objections
contre les choses les plus raisonnables ; ce qui nous
fausse le jugement, et nous met dans le cas de soutenir, par amour-propre, un avis auquel nous aurions été contraires, si nous n'eussions obéi qu'au
sens commun. »

« S. C. »

« Ce travers ne peut pas se confondre avec l'attachement à son opinion ; celui qui en est atteint n'a
pas d'opinion, à proprement parler ; celle qu'il combat aujourd'hui, il la soutiendra demain, s'il trouve
par là une nouvelle occasion de contester. Rien ne
dénote mieux un esprit superficiel et un jugement
faux. Cela laisse supposer aussi un caractère désagréable, sans amabilité, sans douceur, ne trouvant
de plaisir que dans les discussions, ou même les
querelles, qu'entraîne presque toujours l'esprit de
contradiction, s'il ne s'exerce pas sur des humeurs
aussi patientes qu'il est lui-même taquin et maus-
sade.

« Enfin, l'esprit de contradiction est, je crois,
l'esprit des sots ; car ne faut-il pas avoir le cerveau
bien vide, pour n'y savoir trouver que le contraire
de ce que pensent et disent les autres, et pour s'é-

tudier à être toujours d'un avis opposé à celui de
tout le monde ?

« Nous avons eu une compagne qui était atteinte
de cette malheureuse infirmité. Quelque chose que
l'on pût dire, même quand ce n'était pas à elle
qu'on adressait la parole, elle ne pouvait s'empêcher de contredire ; et chaque fois qu'elle ouvrait la
bouche, son premier mot était *oh! non!* Le sobri-
quet lui en était resté, et on ne l'appelait que
la petite *oh! non!* »

« *** »

Je souhaite de tout mon cœur, mes enfants, que
vous ne contredisiez, ni par vos paroles ni par
votre conduite, les jeunes filles raisonnables et
très-sensées qui pensaient ainsi.

Réflexions de quelques jeunes filles sur la patience.

« La patience est une vertu qui nous aide à supporter d'un esprit tranquille les maux de cette
vie.

« Ainsi nous voyons Job, assailli par tous les maux
à la fois, passant de l'extrême opulence à l'extrême
pauvreté, frappé dans ce qu'il a de plus cher, poursuivi enfin par des malheurs dont une simple partie
suffirait pour accabler un homme ordinaire ; nous
le voyons, dis-je, tranquille et patient, se résigner
et bénir le Seigneur dont la main s'appesantit sur
lui. Ainsi, dans l'histoire profane, Socrate oppose
le calme de la résignation aux injures de ses accu-
sateurs, et sa tranquille douceur arrache des larmes
à l'esclave qui lui apporte le poison. Ainsi, s'il est

permis d'invoquer, à côté de ces exemples humains, un exemple divin et sacré, Notre Seigneur Jésus-Christ, buvant jusqu'à la lie le calice d'amertume, a voulu montrer aux hommes, pour les encourager et les consoler, qu'un des caractères de la divinité est la patience. »

« Deux sortes de patience me paraissent assez distinctes : il en est une qui naît de l'élévation des sentiments et de la fermeté de l'âme. C'est celle-là qui me fera supporter avec constance les plus grands revers plutôt que de m'avilir. L'autre sorte de patience vient de la religion ; elle est bien supérieure en mérite, parce qu'elle sort d'une source plus pure, et qu'elle n'a pas, comme la première, la fierté pour soutien ; au contraire, elle doit être humble. Mais elle est soutenue, animée par la religion qui lui présente une couronne. Il n'y a pas, dans les plus frappants exemples de patience stoïque offerts par les héros et les sages de l'antiquité païenne, quelque chose qui s'élève, par le principe et par la fin, par le motif et par le but, à la hauteur de la patience chrétienne des martyrs de la foi. »

« Les avantages qui résultent, même ici-bas, pour nous et pour les autres, de cette vertu, sont faciles à reconnaître. Chaque fois que nous apportons dans nos études de la patience, et par conséquent de l'attention, nous en profitons davantage, nous y réussissons mieux, et les difficultés s'aplanissent. Ceux qui nous enseignent éprouvent aussi moins de peine et de fatigue à nous instruire.

« Lorsque la patience nous inspire une bonté constante et soutenue, lorsqu'elle nous donne un caractère égal et doux, elle rend nos relations plus faciles, elle entretient l'union et la paix dans la société, et nous obtient l'amitié de ceux qui nous entourent.

« En nous laissant la force et le courage dans le malheur, la patience en diminue souvent l'amertume, et nous donne le sang-froid nécessaire pour y remédier. »

« La patience chrétienne supporte tout, animée par l'idée que Dieu ne nous envoie des chagrins que pour nous éprouver ou pour nous punir, et que, dans ces deux cas, c'est toujours pour notre bien. Elle adoucit toutes nos souffrances, en nous portant ainsi à chercher leur utilité et à les faire servir à notre sanctification.

« Mais lorsqu'on se révolte contre le malheur, il nous paraît toujours plus grand qu'il ne l'est en effet.

« Quand les autres nous voient souffrir avec patience, ils s'intéressent doublement à notre sort. Notre patience leur épargne à eux-mêmes de la peine et des ennuis, c'est pourquoi ils nous soignent et nous consolent avec plus de plaisir. »

« Cette vertu embellit aussi notre cœur, parce qu'elle nous fait supporter avec bonté et indulgence les défauts et les torts d'autrui, et respecter leurs infirmités. Cet avantage de la patience doit en être également un pour la personne envers qui elle s'exerce, parce que tout le monde a besoin d'indulgence, et je sais par expérience combien il est heureux d'en rencontrer. »

« Les gens patients sont pour les autres la société la plus douce et la plus aimable, puisqu'ils n'exigent rien et savent tout supporter. »

« La patience est une amie qui ne se montre pas dans la prospérité, mais qui ne manque jamais d'offrir son secours dans l'infortune. »

« La patience nous empêche de nous venger, et souvent même cette vertu va jusqu'à nous concilier l'estime et l'affection de ceux qui naguère étaient nos ennemis. »

Modestie, assurance, timidité, hardiesse.

Il n'est presque pas une bonne qualité qui ne soit voisine d'un défaut. Les vertus même ont besoin d'être en compagnie les unes avec les autres, de s'entr'aider, de se diriger mutuellement, afin de ne pas tomber dans des excès qui les dénaturent.

Ainsi, par exemple, vous savez très-bien ce que c'est que la *modestie,* cette qualité charmante et de si bonne grâce. Eh bien, la *modestie* toute seule, livrée à elle-même, sans guide, sans soutien, ne manque guère de devenir *timidité.* Ce n'est pas encore là un grand mal, car un peu de timidité ne messied pas à l'enfance, à la jeunesse, et surtout aux jeunes filles. Mais si cette disposition est poussée trop loin, si elle se change en une défiance absolue de soi-même en face des autres, elle est alors un véritable défaut et un malheur réel. L'enfant qui se défie trop de lui-même, perd la moitié de ses moyens, et le découragement s'empare de son esprit. S'il conserve cette disposition en devenant grand, les inconvénients en seront alors bien plus graves encore, car il sera nécessairement dominé par quiconque voudra abuser de cette faiblesse de son caractère. Ces fâcheuses conséquences, pourtant, ne seront provenues que d'une bonne qualité, mais d'une bonne qualité dénaturée, égarée dans un excès.

Que faut-il donc pour que la modestie conserve toute sa grâce, toute son amabilité, tous ses avantages? Il faut qu'elle soit soutenue et modérée par cette noble *assurance* que chacun doit trouver dans le sentiment de sa propre dignité. Elle nous empêche alors de nous glorifier mal à propos, de trop présumer de nous-même, de tirer vanité de nos avantages ; mais elle ne va pas jusqu'à nous abaisser sans raison, jusqu'à paralyser notre langage et nos actions, jusqu'à ne pas nous permettre d'avoir une opinion ni d'entreprendre la moindre chose, enfin jusqu'à céder, en dépit de nos intérêts ou de notre bon sens, aux avis ou aux volontés de tout le monde.

Cette réunion de la modestie et de l'assurance, forme une qualité charmante, pleine de grâce et de dignité, qu'on appelle *assurance modeste,* et qui concilie parfaitement tout ce qu'on doit aux autres, avec ce qu'on se doit à soi-même.

Maintenant, ôtons la *modestie,* et laissons l'assurance toute seule. Que va-t-il arriver ? L'*assurance* n'étant plus retenue, n'étant plus modérée par sa compagne nécessaire, va tomber, à son tour, dans un autre excès, et bientôt elle ne méritera plus que le nom de *hardiesse.* Voilà donc encore une qualité estimable transformée en un défaut, pour ne s'être pas tenue dans une juste mesure. Or, ce défaut-là, si vous l'avez jamais rencontré sur votre chemin, vous avez dû remarquer tout ce qu'il a de choquant et de désagréable. Bien entendu que je me sers ici du mot *hardiesse* dans le sens où il équivaut à peu près à *impudence.* Je ne parle pas de cette *hardiesse* qui fait affronter un péril ou aborder résolûment une noble tâche ; c'est là le courage : je parle de cette *hardiesse* qui vous fait ne douter de rien, vous mettre en avant sans respect et sans réserve ; opiner, trancher, critiquer sans égard pour les personnes ni pour les choses. C'est là un défaut bien plus à redouter encore que l'excès de la *timidité;* car avec celui-ci du moins on ne nuit qu'à soi-même et on ne blesse pas les autres, tandis qu'avec la *hardiesse* on se rend insupportable à eux, et par conséquent, ils l'excusent beaucoup moins que la *timidité.*

Quoi qu'il en soit, il est bon de chercher à se préserver de ces deux excès. Les jeunes gens surtout ont besoin de ne pas s'abandonner à une timidité excessive qui leur nuirait beaucoup dans toute leur carrière. Les jeunes filles, particulièrement, doivent se garder d'une *assurance* qui ressemblerait à la *hardiesse,* car c'en serait assez pour effacer toutes les grâces et tout le charme dont la nature aurait pu les douer.

Les vœux, les projets, les espérances (1).

Les vœux, les projets, les espérances amusent et trompent la vie. L'imagination les fait naître, les pare de couleurs brillantes, leur prête une réalité fictive, anticipée, et prépare, hélas ! le désenchantement.

Les vœux ne coûtent rien à faire; hardis, rapides, ils bravent les obstacles, et se jouent de l'invraisemblance.

L'espérance, plus timide, cherche un appui, un fond pour jeter l'ancre, et ne rêve que des choses possibles.

Les projets ont quelque chose de moins passif, de moins paresseux ; en cherchant les moyens, ils appellent la volonté au secours de l'imagination.

(1) J'ai trouvé quelque part ces brèves et sages réflexions; elles m'ont paru justes et jolies, et je m'en suis emparé au profit de mes lectrices, en regrettant de ne pouvoir en remercier l'auteur, dont j'ignore le nom.

Les vœux possibles se changent en projets; les projets deviennent espérance : telle est la marche ordinaire de nos désirs.

Avons-nous tort, enfants, de former des vœux, de faire des projets, de nous livrer à l'espérance? Non sans doute : ces élans vers l'avenir sont un besoin de l'âme humaine. Mais dans nos vœux, nos projets, nos espérances, le choix est tout pour le bonheur.

Au reste, il est un seul moyen de ne pas s'égarer dans ses vœux, c'est d'en faire un premier qui règle tous les autres : *le vœu de plaire à Dieu.* Celui-là chasse d'avance tous les vœux insensés ou coupables; il comprend, à lui seul, tous les vœux de bonheur possibles.

Voulons-nous éprouver nos vœux? essayons d'y joindre la prière : tout vœu qu'on n'ose adresser à Dieu, doit expirer dans le cœur, comme téméraire ou coupable.

Faisons pour nous les vœux que nous ferions pour notre enfant. Appuyons nos vœux de bonheur sur des projets vertueux, et plaçons en Dieu nos espérances.

Les vœux d'être riche, puissant, considéré, admiré, seraient des vœux de bonheur s'il n'y avait point de riches malheureux, de grands inquiets, d'artistes et d'hommes de génie persécutés par la haine et l'envie.

Le vœu d'être agréable à Dieu par la vertu ne saurait être stérile ; il commence déjà le bonheur, car l'espérance n'abandonne jamais la foi ni la charité.

Une vengeance chrétienne.

Si jeunes que vous soyez, mes enfants, vous avez

18.

probablement entendu parler de la Vendée, et de la
sainte guerre soutenue, par la population de cette
contrée fidèle à ses croyances, contre le pouvoir ré-
volutionnaire qui opprimait alors la France, qui ren-
versait les autels de Dieu, tuait son roi, et massacrait les prêtres et les honnêtes gens. Pendant cette
guerre civile où la foi luttait contre l'impiété, la fidélité contre la révolte triomphante, la charité contre
la cruauté, la vérité contre le mensonge, on vit bien
des actes de simple courage et d'humble magnanimité. Voici un trait dont je tiens le récit d'une personne qui en a connu les acteurs ; et je regrette qu'un
désir que je dois respecter ne me permette pas de
les nommer.

Après un engagement assez vif, dans lequel un
corps de troupes républicaines avait été repoussé et
mis en complète déroute par les Vendéens, un officier fuyait comme les autres à travers champs, et
était poursuivi d'assez près par quelques paysans
armés. Il parvint cependant à leur échapper, grâce
à la nuit qui survint, et à l'abri des trous et des
chemins creux où il se jeta. Ayant enfin rencontré
une petite maison de métairie, dont la porte n'était
pas encore fermée, il y entra précipitamment, et
tomba sur le seuil, épuisé par la fatigue et par la
perte de son sang qui coulait abondamment d'une
blessure. Il fut reçu et relevé par deux femmes vê-
tues de noir, dont l'une était la mère et l'autre la
fille, à peine âgée de seize ans.

Sans être arrêtées par la vue de l'uniforme bleu
redouté et abhorré dans les campagnes de la Vendée, ces deux femmes s'empressèrent de donner au
blessé les premiers soins, de laver, de panser sa
blessure, et de lui faire avaler quelques gouttes de
vin pour le ranimer. En reprenant ses sens, il jeta

les yeux autour de lui, et à la lueur d'une petite chandelle qui brûlait sous le large manteau de la cheminée, il reconnaît la chambre, les deux femmes, et regarde avec étonnement ses hôtesses qui lui donnent des soins. « Quoi ! dit-il d'une voix presque éteinte, c'est vous qui me sauvez ? Vous ne me reconnaissez donc pas ? » — En entendant ces mots, la mère le regarda avec plus d'attention, et poussa un cri. Mais la jeune fille, d'un ton à la fois grave, triste et doux, répondit : « Je vous ai reconnu dès le premier moment, Monsieur ; mais soyez tranquille, nous sommes des femmes chrétiennes. Il n'y a que Dieu qui ait le droit de se venger lui-même, et il aime mieux pardonner. Vous êtes notre hôte, vous êtes notre prochain, et *même ici* vous êtes en sûreté. » La mère ajouta en pleurant : « Oui, *même ici*, puisque Louise l'a dit, puisque Dieu le veut, puisque mon pauvre mari est là-haut près de Celui qui commande de rendre le bien pour le mal. »

Il y avait peu de jours que ce même officier était venu dans ce canton, avec un détachement qui avait tout saccagé, et immolé sans miséricorde les paysans armés, qui ne se trouvaient pas en force pour se défendre. Le père de Louise avait été tué à quelques pas de la porte de sa maison. Voilà pourquoi la fille et la mère avaient répété ce mot : *même ici.* Leur émotion était grande ; mais celle du républicain ne l'était guère moins. « Je ne vous comprends pas, dit-il, mais je vous admire et vous respecte. — Ah ! reprit Louise, il n'y a rien là d'incompréhensible ni d'admirable ; il n'y a que la soumission à la volonté de Dieu, et l'accomplissement de son commandement ; si vous étiez chrétien, si vous saviez ce que c'est que la charité, vous ne vous étonneriez pas. »

Cependant, le militaire se sentait affaiblir de plus en plus. Les deux femmes l'avaient porté sur un lit, où il s'endormit d'un sommeil qui pouvait faire craindre qu'il ne se réveillât plus. Heureusement, il n'en fut pas ainsi ; il rouvrit les yeux, et il sembla même que ce moment de repos lui eût rendu un peu de force. Pourtant, quand on voulut essayer de lui faire prendre quelque aliment ou seulement de lui présenter à boire, il ne put pas avaler la moindre chose. Mais il dit : « Écoutez-moi, femmes charitables, car je sens que tout va bientôt être fini pour moi, et que je n'ai pas de temps à perdre. Je ne sais ce qui vient de se passer, ce que j'ai vu dans mon sommeil, mais je sais que je vois deux femmes qui doivent être vraiment inspirées par Dieu. S'il y a une vérité quelque part, vous êtes dans cette vérité, et elle est avec vous. Je ne suis pas chrétien, je suis né de parents israélites, mais je n'ai jamais cru à aucune religion. Sans être méchant, je crois que j'ai fait bien du mal. Je crois maintenant qu'il y a un Dieu, que j'ai une âme, qu'il y a une autre vie ; c'est vous qui me faites croire à tout cela. Oh ! je crois plus encore, je crois que si vous me pardonnez, si vous priez pour moi, Dieu me pardonnera aussi, car je me repens, je me repens du fond du cœur, et vous, vous êtes des saintes.... » Les deux femmes étaient tombées à genoux en entendant ses premières paroles. Au mot *israélite*, Louise avait relevé la tête, et un éclair de joie avait jailli de son regard. Quand le blessé eut cessé de parler, elle se leva et lui prenant la main : « Mon frère, dit-elle, oui, tous vos péchés peuvent vous être remis, si vous voulez être chrétien ; savez-vous ce que c'est que le baptême ? —J'ai entendu dire que, dans la loi des chrétiens, le baptême lavait toutes les fautes.

Oh ! est-ce que je pourrais être baptisé ? — Oui, oui, » s'écria Louise, et elle courut chercher de l'eau, qu'elle apporta d'une main, tenant un crucifix dans l'autre. Alors s'approchant gravement du mourant. « Mon frère, dit-elle, je vais vous baptiser, répondez-moi : Voulez-vous être chrétien ? — Je le veux, répondit-il. — Croyez-vous au Dieu tout-puissant en trois personnes, le Père, le Fils et le Saint-Esprit ? Croyez-vous en Jésus-Christ qui s'est fait homme et qui a été crucifié et est mort pour nous racheter du péché ? Croyez-vous à la sainte Église catholique et à tout ce qu'elle enseigne ? — Je ne sais pas tout ce qu'elle enseigne, je ne l'ai point appris ; mais j'accepte toutes vos croyances et j'embrasse toute votre foi, soit pour la vie, soit pour la mort. — Eh bien ! voyez l'image de Jésus crucifié, embrassez-la et posez-la sur votre cœur. » Le blessé prit le crucifix, le baisa et le pressa sur son cœur, avec une profonde émotion, dans laquelle on sentait la foi, le repentir et l'espérance. Alors, Louise, d'un air incroyablement majestueux et solennel, versa l'eau sur la tête du mourant, en disant : « Mon frère, je te baptise au nom du Père, du Fils et du Saint-Esprit, *amen*.... Maintenant, ajouta-t-elle après un moment de silence, vous pouvez partir en paix, âme chrétienne ; voyez, le ciel s'ouvre, tout est lavé par la grâce du sacrement, tout est pardonné à la foi et au repentir. Voyez, mon père lui-même, mon père chrétien, prie pour vous là-haut et vous tend les bras. »

Le blessé leva les yeux et dit : « Je le vois !... grâce, grâce à vous, mes sœurs. Ah ! que je suis heureux !... »

Ces mots furent les derniers, et peu d'instants

après il expira. La mère et la fille étaient retombées à genoux, pleurant et priant.

C'était ainsi que deux femmes chrétiennes, une veuve et une orpheline, vengeaient la mort de leur époux et de leur père, dans une chaumière de la Vendée.

Oh ! sublime beauté du christianisme ! les païens disaient que la vengeance qui rend le mal pour le mal est le plaisir des dieux ; nous qui ne connaissons qu'un Dieu plein de mansuétude et de pardon, nous sentons que la vengeance qui rend le bien pour le mal est le bonheur des âmes faites à l'image de ce Dieu.

La Vierge des forêts.

Il est une classe d'hommes vouée à de rudes labeurs, et dont la vie solitaire s'accomplit tout entière dans les forêts. Ce sont ces pauvres bûcherons, dont la respiration s'échappe péniblement à chaque coup de cognée, et qui passent les nuits d'hiver sous une hutte construite de leurs propres mains. Ils n'ont guère d'autre compagne, d'autre témoin de leurs travaux, d'autre consolatrice de leur peine, que la sainte Vierge, envers qui leur dévotion est en général très-grande. Aussi voyons-nous comme ils choisissent le plus vieux chêne, le roi de la forêt, pour y placer l'image révérée de la mère du Sauveur, qui leur sert comme d'autel rustique élevé dans les bois, loin de la demeure des hommes ; c'est au pied de cet arbre qu'ils s'abritent et qu'ils font leur modeste repas ; c'est un point de ralliement, enfin c'est tout ce qui parle à leur cœur dans ce silence universel. En allant et venant pour les occupations de la journée ; s'ils passent devant la niche creusée dans le tronc de l'arbre privilégié, ils ôtent respectueusement leur mauvais chapeau de feutre, et récitent à la hâte un *Ave ;* car la tâche est dure, et la famille souvent nombreuse attend le salaire du jour dans quelque village éloigné.

Cette vénération profonde des bûcherons pour la sainte Vierge explique ces images que l'on rencontre et que l'on salue dans nos grandes forêts. Telles sont la *Notre-Dame du Chêne*, près du bourg de Sablé, en Anjou ; la *Notre-Dame du Cormier*, dans le voisinage de Lagny, département de Seine-et-Marne ; l'église de la bienheureuse *Marie de la Forêt*, appartenant à l'abbaye de Malnoue, au vieux Corbeil ; la petite chapelle dédiée à Marie, que cache au milieu de ses branches le monstrueux chêne d'Allonville. Enfin, dans les royales forêts de Compiègne, de Saint-Germain, de Fontainebleau, vous ne pouvez errer tout un jour, sans être arrêté par la vue de ces madones entourées de fleurs champêtres et d'ornements qui décèlent la piété simple des pauvres habitants de ces lieux déserts.

Dans la plaine que confine la Champagne, entre ce qu'on appelait autrefois les Marches de la Lorraine et de la Bourgogne, arrosée par la Meuse et couronnée par les vertes et charmantes montagnes des Vosges, un chêne séculaire étendait son immense feuillage ; il avait nom le *Vieux Chêne*, et beaucoup de traditions populaires se rattachaient à lui. Longtemps on l'avait appelé l'*Arbre des Fées ;* car alors on croyait que des esprits malfaisants venaient danser autour de son tronc et tenir leur sabbat sous son ombre... Mais déjà, depuis plus d'un siècle, une image sculptée de la sainte Vierge y avait été apportée, on ne savait par qui (peut-être par les anges). Placée dans un creux moussu qui lui servait d'a-

bri, elle avait, croyait-on, purifié la contrée de ses
mauvais génies, comme une bonne pensée purifie
le cœur. Bientôt ce lieu, d'abord redouté, peuplé
qu'il était par des craintes superstitieuses, était devenu un lieu de pèlerinage et de dévotion. Les jeunes filles y suspendaient des couronnes de fleurs
cueillies dans les prairies ; elles venaient confier à
la Vierge du chêne et leurs tristesses et leurs joies,
et leurs innocents secrets. Les jeunes mères y apportaient leurs nourrissons malades, et priaient la
mère de tous ceux qui souffrent de les guérir. Le
vieillard allait y demander des jours moins mauvais.
La prière dans ce beau lieu, en face d'une nature
riche et puissante qui parlait à tous les cœurs par
cette voix mystérieuse que Dieu lui a donnée, faisait naître dans l'âme la force et la paix, trésors
moins passagers que le bonheur.

Un soir d'automne de la déplorable année 1428 ,
époque où la France était envahie par les Anglais,
et son roi Charles VII fugitif, une jeune fille, après
avoir erré tout le jour, avec son troupeau dans ces
champs dévastés par la guerre, était venue s'age-
nouiller sous le vieux chêne au jour tombant. La
journée avait été brûlante ; le soleil se couchait dans
des nuages enflammés, et teignait d'un reflet sen-
glant tous les sommets des montagnes des Vosges,
qui s'élevaient à l'horizon : la plaine était dans
l'ombre. Un bruit sinistre s'entendait au loin, c'é-
tait celui des fauconneaux, sorte de petits canons,
de la citadelle de Vaucouleurs ; des éclairs sillon-
naient le ciel et mêlaient leur éclat blafard aux lueurs
qui sortaient des créneaux de la citadelle... Et là,
sous le vieux chêne qui s'élève sur la plaine comme
une coupole de verdure, la jeune et charmante fille
était agenouillée près de la paisible image.

Elle priait, et son visage était céleste. Peut-être priait-elle pour la France, en proie aux horreurs de la guerre; car, à chacun des coups meurtriers qui retentissaient, ses mains jointes se serraient avec plus d'ardeur, ses lèvres s'agitaient davantage, et ses yeux, levés au ciel, devenaient plus suppliants.

Elle semblait oublier tout ce qui l'entourait, son troupeau, qui avait cessé de paître, et son chien fidèle. Mais ni le tonnerre qui s'avançait avec fracas, ni les bêlements redoublés des brebis ne semblaient parvenir aux oreilles de la jeune fille; elle demeurait toujours à genoux, perdue dans la prière.

Cependant, tantôt ses lèvres murmuraient des paroles basses et entrecoupés, tantôt elle se taisait et paraissait écouter avec respect et avec crainte, des paroles mystérieuses, perceptibles seulement pour elle.

Cette jeune fille, c'était Jeanne d'Arc, la touchante héroïne de la France, dont vous avez peut-être déjà lu, ou dont vous lirez certainement quelque jour la belle et attachante histoire. Ainsi, ce fut au pied de l'image de la *Vierge des forêts*, que Jeanne d'Arc, priant pour la France, reçut du ciel l'ordre d'aller trouver le roi de France, de s'armer pour la défense de son pays, de le délivrer du joug étranger, et de faire sacrer son roi à Reims.

Lorsqu'après avoir accompli sa céleste mission, elle fut faite prisonnière par les Anglais, jugée et brûlée à Rouen, comme une sorcière, tandis qu'elle était une martyre, on lui demanda, pendant son interrogatoire, si elle avait coutume d'aller souvent à l'*Arbre des Fées*. « Qu'est-ce-que l'Arbre des Fées? répondit-elle d'un air surpris..... Oh! le vieux chêne! oui, j'allais souvent sous son ombre, prier la sainte Vierge... »

La Vierge des victimes.

Pendant le règne de la terreur, par un raffinement de barbarie insultante, on fit un jour passer deux tombereaux remplis de religieuses destinées à la mort, au milieu d'un *banquet civique*, qui se tenait dans la rue et dont les acteurs jetaient aux victimes des restes de pain, et les plus sales débris de la table. Tandis que ces hommes de l'enfer rugissaient des refrains impies sur leur passage, les femmes chrétiennes restaient calmes et sereines, impassibles, les mains attachées derrière le dos, comme Marie-Antoinette, comme madame Élisabeth, et les yeux levés vers le ciel. Parmi ces femmes, il y en avait une, vénérable par sa piété et son grand âge, et dont la vertu égalait le beau nom, madame de Laval-Montmorency, abbesse des Carmélites de Montmartre (près Paris). Seize de ses religieuses avaient été condamnées avec elle, et ces servantes de Dieu, qui avaient vécu et prié ensemble pendant bien des années, dans la paix du même cloître, allaient mourir ensemble sur le même échafaud. En passant à travers les insultes, elles chantaient comme si elles avaient été encore dans leur église, cette prière à la sainte Vierge, que l'on disait aussi dans la Vendée :

> Je mets ma confiance,
> Vierge, en votre secours;
> Servez-moi de défense,
> Prenez soin de mes jours;
> Et quand ma dernière heure
> Viendra fixer mon sort,
> Obtenez que je meure
> De la plus sainte mort.

La tranquille, la majestueuse assurance de ces

femmes transporta de colère une centaine de misérables qui avaient pris leur copieuse part du banquet civique ; avinés, l'écume à la bouche, le bâton
à la main, ils s'élancèrent sur les charrettes, en
criant : « Silence aux bigotes ! au lieu de leurs *ore-
mus*, qu'elles entonnent la *Marseillaise*. — Oui,
oui, la *Marseillaise*. — Non, elles vont *partir de ce
monde... le Chant du départ, le Chant du départ !* (1) — Non, non, la *Marseillaise*, la *Marseillaise*. » Et pendant cet horrible tumulte, les Carmélites ne cessaient de chanter :

> Obtenez que je meure
> De la plus sainte mort.

« Les entêtées ! il faut les faire obéir... la *Marseil-
aise*, tout de suite. — Entendez-vous, béguines :
obéissez, vite, vite, commencez : *Allons, enfants de
la patrie...* »

Mais, comme si elles n'avaient rien entendu,
comme si elles avaient déjà été délivrées de la vie,
et emportées bien loin par les anges, les épouses du
Christ continuaient :

> Vierge si chère........
> . . . .
> Ta volonté par nous sera suivie ;
> Oui, nous t'aimons, et nous venons t'offrir
> Tout notre cœur, nos désirs, notre vie,
> Et notre mort, puisqu'il nous faut mourir.

Jamais les démons de l'abîme ne ressentent autant de rage que lorsqu'ils aperçoivent la sérénité
des anges. Aussi des furieux avaient déjà arrêté les
charrettes, et commençaient à frapper ces femmes

---

(1) La *Marseillaise* et le *Chant du départ* étaient les deux chan-
sons révolutionnaires qui retentissaient alors dans nos villes et nos
campagnes.

aussi résignées que courageuses, quand plusieurs hommes s'élancèrent en criant : « Point de meurtre ! point de meurtre ! » Alors une lutte horrible s'engage autour des tombereaux, et l'on distingue dans la mêlée un jeune homme coiffé d'un bonnet rouge, armé d'un sabre pris à l'un de ceux qui escortaient les condamnées. Il était tout près de la charrette où étaient serrées, les unes contre les autres, les Carmélites, et de là il détournait avec adresse et courage, les coups que les brigands cherchaient à leur porter. Mais malgré ses efforts, une d'elles fut atteinte et blessée à la poitrine. Elle perdait son sang à grands flots. Alors une femme, qui ne partageait pas la fureur des brigands, quoiqu'elle se trouvât avec eux, se jette dans la mêlée, arrive près de la religieuse qui va mourir, et lui crie : « Sainte, qui allez monter au ciel, bénissez-moi. — Vous qui nous plaignez, répondit d'une voix défaillante la fille du Carmel, soyez bénie ! Et vous, jeune homme, qui nous avez défendues sur le chemin de la mort, recevez ce signe sacré de ma reconnaissance. »

Disant ces mots, la Carmélite se penchant en dehors du tombereau, donna un beau chapelet au jeune républicain..... Qui sait quelle grâce aura pu s'attacher à ce don d'une martyre expirante ?

Chélonide, fille et épouse.

Léonidas, roi de Sparte, étant poursuivi comme ayant violé les lois de la patrie, se réfugia dans le temple de Minerve. Appelé à rendre compte de sa conduite devant l'assemblée du peuple, il refusa de se présenter, et s'enfuit. Alors, Cléombrote, gendre de Léonidas, brigua le trône et l'obtint. Chélonide, femme de Cléombrote et fille du roi fugitif, supplia vivement en faveur de son père ; mais voyant que ses prières étaient vaines, elle prit le parti d'abandonner son mari, et de suivre dans l'exil son père infortuné.

Quelque temps après, une nouvelle révolution rétablit Léonidas sur le trône. Cléombrote se vit contraint de chercher, à son tour, pour sa sûreté, un refuge dans le temple de Neptune. Léonidas, néanmoins, à la tête d'une troupe de soldats, se transporta vers cet asile, y pénétra et reprocha à son gendre, avec des expressions pleines de colère, de lui avoir dressé des embûches et de s'être emparé de son royaume. Cléombrote, ne sachant que répondre à de si justes reproches, les entendit triste, accablé et confus, sans proférer une parole.

Chélonide, toujours fidèle au parti du malheur, au milieu des vicissitudes de la fortune, se tenait suppliante auprès de son mari, l'embrassant étroitement, et ayant à ses pieds deux jeunes enfants, l'un à sa droite, l'autre à sa gauche. Toutes les personnes qui étaient présentes à cette scène, versaient des larmes et admiraient la vertu de Chélonide et cette puissance de l'amour conjugal.

Cette malheureuse princesse, montrant ses vêtements de deuil et ses cheveux négligés et en désordre, s'écria : « O mon père, voyez ces lugubres habits, ce visage pâle et flétri, ils ne sont pas le résultat de ma compassion pour Cléombrote, ils sont les témoins et les tristes effets de ma douleur causée par les calamités que vous avez souffertes, et par votre fuite de Sparte. Dois-je donc, pendant que vous régnez et que vous triomphez de vos ennemis, continuer de vivre dans la désolation où je suis plongée ? ou dois-je prendre des vêtements splendides et royaux, pendant que je vois menacé de mort le

mari que vous m'avez donné dans ma jeunesse? S'il
ne peut désarmer votre courroux, et obtenir votre
pitié par les larmes de ses enfants et de sa malheureuse épouse, il sera puni de sa faute bien plus sévèrement que vous ne le voulez vous-même, en
voyant mourir sous ses yeux une femme qui lui est
si chère. Car enfin, de quel front pourrais-je vivre,
et paraître au milieu des matrones de Sparte, après
n'avoir pu fléchir par mes prières, ni mon époux,
ni mon père? Mais je suis née si malheureuse, que
je ne dois sans doute rien obtenir, ni comme épouse,
ni comme fille; que je dois me voir toujours dédaignée des miens et de tout ce que j'ai de plus cher. »

Après avoir prononcé ces douloureuses paroles,
elle appuya, en pleurant à sanglots, son visage sur
la tête de Cléombrote; et tourna sur les assistants
ses yeux à demi éteints par la douleur et par les
larmes.

Léonidas, après avoir conféré un moment avec ses
amis, ordonna à Cléombrote de sortir incontinent
de Sparte. Il pria en même temps sa fille de demeurer, de ne point abandonner un père qui l'aimait
tendrement et qui venait d'accorder à ses prières la
vie de Cléombrote. Mais elle ne se laissa point persuader par son père; et son mari s'étant levé, elle
mit dans ses bras un des enfants, prit l'autre dans
les siens, et après avoir fait une prière et baisé l'autel de Neptune, elle sortit avec Cléombrote pour le
suivre en exil; laissant à son pays un exemple de
dévouement conjugal digne de l'admiration de tous
les temps.

Si Cléombrote n'avait pas eu le cœur gâté par
l'ambition, dit Plutarque, il aurait trouvé l'exil, en
compagnie d'une femme si vertueuse, supérieur et
préférable à un trône.

Les Sabines.

Romulus, le fondateur de Rome, pour peupler
plus rapidement sa ville naissante, y avait donné
asile à des hommes de toute espèce, serviteurs infi-
dèles, débiteurs de mauvaise foi, meurtriers même,
qui s'y trouvaient à l'abri des poursuites de leurs
maîtres, de leurs créanciers et des magistrats de
leur propre pays. Rome se trouva ainsi très-promp-
tement remplie d'habitants qui n'étaient pas tous
des plus recommandables. Il y en avait peu parmi
eux qui eussent une femme ; aussi, pour que cette
population pût se perpétuer, il fallut chercher un
moyen de donner des femmes à ceux qui n'en avaient
pas.

Romulus, dans ce but, envoya des ambassadeurs
chez les peuples voisins, avec mission de demander
des épouses pour les nouveaux Romains. Tous reje-
tèrent cette requête ; quelques-uns même ajoutèrent
l'insulte au refus, en demandant aux ambassadeurs
pourquoi leur prince ne donnait pas asile aux femmes
fugitives, comme il l'avait fait pour les hommes,
puisque de cette façon, il pourrait faire des maria-
ges dans lesquels les maris et les femmes n'auraient
du moins rien à se reprocher réciproquement. Romulus ressentit vivement au fond du cœur un outrage
si poignant, et résolut d'en tirer vengeance.

Quelque temps après, il feignit d'avoir découvert
sous la terre un autel d'une certaine divinité, et ordonna, à cette occasion, des sacrifices publics et
des jeux solennels. Au jour fixé pour cette fête, une
multitude innombrable de spectateurs accoururent
de tous les pays voisins. Or, tandis que les esprits
et les regards de chacun étaient attentifs au spec-

tacle, les jeunes Romains, à un signal donné, se pré-
cipitèrent l'épée à la main et enlevèrent les jeunes
femmes qui étaient présentes. Les pères, les frères
de ces femmes, et les époux de quelques-unes furent
épouvantés et prirent la fuite en maudissant l'hospitalité violée, et en invoquant ce prétendu dieu,
qu'ils étaient venus honorer, et au nom duquel ils
avaient été perfidement trompés et trahis. Les
femmes et les filles enlevées se lamentaient aussi
amèrement ; mais Romulus allait de l'une à l'autre,
les consolant et leur promettant qu'elles seraient les
épouses légitimes des Romains, et qu'elles partage-
raient leur fortune. Déjà la colère et les regrets de
ces futures épouses étaient apaisés en partie, lorsque les pères, en vêtements de deuil et les larmes
dans les yeux, parcouraient les villes pour les soulever et les exhorter à prendre les armes, afin de venger un affront si odieux et si imprévu.

Plusieurs des peuples qui entouraient Rome
essayèrent, en effet, de faire la guerre aux Romains,
mais ils furent promptement défaits par ceux-ci, les
uns après les autres. Enfin, les Sabins, conduits par
leur roi Tatius, s'avancèrent contre Rome avec une
puissante armée. Mais ils ne pouvaient facilement
approcher de la ville , à cause d'une forteresse
où était placée une garnison redoutable qui les ar-
rêtait. Il arriva pourtant que la fille du commandant de cette place de guerre, vivement tentée par
la vue des bracelets d'or que les Sabins portaient au
bras gauche, offrit de leur livrer la forteresse en
demandant pour prix de ce service *ce qu'ils portaient
à la main gauche,* sans désigner spécialement ni
les bracelets, ni les boucliers. Tatius y consentit ;
et cette femme les introduisit, durant la nuit, dans
la citadelle, par une voie secrète et inconnue. Aus-

sitôt qu'ils furent entrés, Tatius retira le premier son bracelet et le jeta à la fille du commandant romain, mais il lui jeta en même temps son bouclier. Tous les Sabins suivirent l'exemple de leur chef, et en un instant, la malheureuse, écrasée sous le poids des boucliers et de l'or, y demeura morte et ensevelie. Ceci fait voir que, si l'on peut quelquefois aimer les trahisons dont on profite, on n'aime jamais le traître, on le méprise, et on n'en a point de pitié.

Les Romains enflammés de colère et du désir de reprendre la forteresse perdue, provoquèrent les Sabins au combat. Il fut long, sanglant et cruel. Romulus lui-même y reçut une blessure ; ce que voyant, les Romains furent saisis d'une terreur si grande, qu'ils se mirent à fuir précipitamment. Alors Romulus, élevant ses armes vers le ciel, s'écria : « O Jupiter, obéissant à tes augures et à tes commandements, j'ai posé ici les premiers fondements de Rome. Déjà les Sabins possèdent par trahison la forteresse, déjà ils s'avancent victorieux vers la ville, sans rencontrer aucune résistance ; mais toi, père des dieux et des hommes, ne laisse pas tomber la cité au pouvoir de ses ennemis, et rends le courage aux Romains. Arrête cette fuite honteuse, et je fais vœu de t'élever en ce lieu un temple, à toi, *Jupiter stator* (1), pour perpétuer la mémoire du secours que tu nous auras apporté. » Ayant ainsi parlé, et comme s'il n'eût pas douté que sa prière ne fût exaucée, il cria aux fuyards : « Le grand Jupiter vous ordonne de vous arrêter et de recommencer le combat. » Les Romains s'arrêtèrent à sa voix, comme à un ordre du ciel ; mais le combat qui allait

(1) *Stator* peut s'interpréter par *qui arrête*.

recommencer, fut suspendu par un spectacle sur-
prenant et impossible à décrire.

Les Sabines enlevées, oubliant à la vue de tant
de maux la timidité de leur sexe, arrivèrent, les
cheveux épars, avec leurs vêtements déchirés, quelques-unes portant leurs jeunes enfants dans leurs
bras, se jeter entre les deux armées, suppliant tantôt les Sabins, tantôt les Romains, de déposer les
armes, et de cesser de faire couler le sang. « Vous
n'êtes pas venus, disaient-elles aux Sabins, vous
n'êtes pas venus nous défendre quand on a voulu
nous outrager; et maintenant vous voulez arracher
les épouses aux maris, et les mères aux enfants ;
après un si long délai, vous nous apportez, à nous
malheureuses, un secours aujourd'hui plus calami-
teux que l'offense. Ah! ne trempez pas vos mains
dans le sang de ceux qui sont devenus vos proches ;
ne laissez pas à vos petits enfants la tache d'être is-
sus d'une race parricide. » La voix, les larmes, les
gestes suppliants de ces femmes, arrêtèrent l'ani-
mosité des combattants ; et ayant déposé les armes,
les chefs des deux armées vinrent l'un à l'autre pour
se concerter. Il fut décidé que celles des Sabines qui
le voudraient, seraient libres de rester avec leurs
maris ; que Romulus et Tatius règneraient ensemble,
que Rome serait commune aux deux peuples, et les
deux États réunis.

Ainsi, les Sabines qui avaient été la cause de la
guerre, devinrent les médiatrices de l'alliance et de
la paix ; et les Sabins qui avaient juré la destruction
de Rome, en devinrent les habitants et les défen-
seurs. Tel fut le résultat du courage et du dévouement avec lesquels ces femmes résolues surent concilier leurs devoirs et leurs sentiments complexes
d'épouses, de mères et de filles. J'ai voulu vous ra-

conter ce fait historique qui remonte à une époque de barbarie et de paganisme, pour vous montrer ce que pouvait la conscience du devoir, même au sein de l'erreur et de l'ignorance ; et afin de vous faire réfléchir sur ce qu'elle doit être dans des cœurs éclairés par la révélation chrétienne. Les vertus chrétiennes n'ont plus ce caractère sauvage d'entraînement tout instinctif et tout humain ; elles sont fortes, intrépides, dévouées avec réflexion et avec connaissance, elles savent pourquoi, elles savent à qui se rapportent leurs sacrifices ; et pour les accomplir, elles n'ont pas seulement la force humaine, mais elles sont soutenues par la grâce divine. Il y a en elles plus d'élévation et de grandeur, parce que leur but est plus élevé et qu'elles sont elles-mêmes plus humbles et plus simples ; là où Dieu est la cause et la fin, il n'y a pas d'orgueil possible, et il n'est pas de sacrifice impossible. Il n'en faut pas moins honorer le bien qui se produit accidentellement au sein de l'erreur ; ce bien vient encore de Dieu, à l'insu même de ceux qui le font ; et Dieu seul connaît et juge le fond des cœurs.

Je vais vous raconter tout de suite un autre fait de l'Histoire romaine, où figurent deux femmes fortes de cette grande nation, et auquel vous pouvez appliquer aussi les réflexions que je viens d'exprimer.

La mère et la femme de Coriolan.

Coriolan, patricien romain, ayant été banni de Rome, s'était retiré chez les Volsques, qui l'accueillirent avec empressement et courtoisie. Il y reçut l'hospitalité dans la maison de Tullus, homme d'une grande renommée, d'un esprit élevé, et ennemi mortel de Rome. Stimulés, l'un par une haine ancienne, l'autre par les récents outrages qu'il venait d'éprouver, ils ne tardèrent pas à méditer entre eux de faire la guerre aux Romains. Craignant toutefois de ne pouvoir pas facilement persuader au peuple volsque de prendre les armes, ce qu'il avait déjà fait plusieurs fois sans succès, ils imaginèrent un stratagème pour lui susciter une nouvelle injure de la part des Romains.

A l'occasion d'une fête et de jeux solennels qui avaient lieu dans Rome, ils firent parvenir au consul un avis inquiétant, par suite duquel tous les Volsques qui étaient venus pour assister au spectacle, reçurent l'ordre de sortir de la ville avant la fin du jour. Ils se retirèrent indignés et révoltés, tous ensemble et formant une troupe considérable. Tullus qui les attendait à une certaine distance, les conduisit dans un champ où il leur parla ainsi :

« O Volsques, mes concitoyens, quand vous pourriez oublier les vieilles injures des Romains, comment pourriez-vous supporter l'outrage d'aujourd'hui? comment supporteriez-vous d'avoir été donnés en spectacle et en dérision aux citoyens de Rome, aux étrangers, et à tous les peuples voisins? qu'auront pensé de vous tous ceux qui ont entendu l'ordre d'expulsion, qui vous ont vus partir, qui vous ont rencontrés sur le chemin? Assurément, ils auront cru que vous deviez souiller la fête par votre présence, et que vous mériticz d'être chassés de la compagnie des honnêtes gens et des hommes de bien. Et qui sait ce qui serait advenu de vous, si vous n'aviez pas hâté votre départ, ou pour mieux dire votre fuite? Et vous ne considéreriez pas comme ennemie une ville d'où vous ne seriez peut-être pas sortis vivants, si vous y étiez restés un jour de plus!

Volsques, c'est la guerre que les Romains vous ont déclarée ; mais si vous êtes des hommes vous ferez que cette guerre tourne à leur propre perte. » Déjà pleins de colère, et excités ainsi par Tullus, ces hommes retournèrent chez eux, et firent si bien pour soulever leurs concitoyens, que toute la nation volsque se décida à prendre les armes contre les Romains.

Tullus et Coriolan furent élus pour chefs dans cette guerre. Coriolan arrivé à Circée, colonie romaine, en chassa d'abord les habitants romains, et rendit la ville aux Volsques. Il passa de là dans la voie latine et, en traversant le pays, il enleva aux Romains plusieurs points nouvellement conquis par eux. Enfin, il conduisit son armée devant Rome, en saccageant sur son passage toute la campagne romaine.

Alors le sénat s'assembla, et il y fut décidé qu'on enverrait des ambassadeurs à Coriolan pour demander la paix. Les ambassadeurs eurent pour réponse que Coriolan ferait la paix avec Rome à condition qu'elle restituât aux Volsques tout ce qu'elle leur avait pris, et qu'elle leur accordât le droit de cité dont elle avait favorisé les Latins. Les Romains envoyèrent une seconde ambassade, disant que, si les Volsques désiraient obtenir quelque chose, ils devaient commencer par déposer les armes, attendu qu'on n'obtenait aucune grâce de Rome en parlant l'épée à la main. Coriolan répondit qu'il ne demandait au sénat que des choses justes et raisonnables ; qu'il lui donnait trois jours pour prendre une résolution, et qu'à l'expiration de ces trois jours il recommencerait les hostilités.

Le sénat qui avait jusque-là montré de la fermeté, en manqua tout à fait à ce moment ; et au lieu de repousser la force par la force, il envoya à Coriolan lés prêtres revêtus de leurs ornements sacrés, espérant qu'ils parviendraient à le fléchir ; mais ils n'en obtinrent rien.

Alors, Véturie, mère de Coriolan, et Volumnie, son épouse, amenant avec elle ses deux jeunes enfants, se rendirent au camp des ennemis pour demander avec prières et avec larmes, ce que ni les ambassadeurs ni les prêtres n'avaient pu obtenir. Quand Coriolan vit apparaître sa mère, sa femme et ses enfants, éperdu, hors de lui, il descendit du tribunal où il siégeait avec les principaux chefs de l'armée volsque, et il courut à leur rencontre. Il voulut embrasser sa mère ; mais celle-ci, avec un visage grave et triste et un imposant regard, lui dit : « Avant de souffrir que tu m'embrasses, je veux savoir si je suis ici devant un fils ou devant un ennemi ; si je suis dans ton camp, ta prisonnière ou ta mère ; puisque, hélas ! je n'ai vécu si longtemps que pour te voir d'abord banni de Rome et ensuite son ennemi ! Comment as-tu pu saccager la terre qui t'a vu naître et qui t'a nourri ? Comment le cœur ne t'a-t-il pas manqué quand tu as franchi, les armes à la main, ces frontières sacrées ? Comment, quand tes yeux ont revu l'enceinte de Rome, n'as-tu pas pensé que derrière ces murs, il y avait ma maison, mes dieux familiers, ta mère, ta femme, tes fils ? Ainsi donc, si je n'avais pas mis au monde un fils, Rome ne serait pas assiégée, et moi, je serais morte libre dans ma patrie libre ! Mais quelque malheureuse que je sois, ce n'est pas à moi qu'il faut penser ; pense à ta femme désolée, pense à tes enfants infortunés. Moi, il me reste peu de temps à vivre ; mais eux, si tu poursuis, Coriolan, ils n'ont plus que l'affreuse alternative ou d'une mort cruelle, ou d'une longue servitude. »

Les sentiments de la nature l'emportèrent dans l'âme de Coriolan sur ceux de l'orgueil et de la vengeance ; il se jeta dans les bras de sa mère, en s'écriant : « Rome est sauvée !... mais ton fils est perdu ! » Jamais prédiction n'eut un accomplissement plus prompt. Coriolan éloigna de Rome son armée, mais il fut tué par les Volsques. Les Romains exaltèrent par des louanges sans mesure ces deux femmes ; et en mémoire de ce qu'elles avaient fait, ils élevèrent un temple consacré à la fortune des femmes.

Opinion d'une jeune personne sur la ruse.

Savez-vous ce que c'est que la ruse, Mesdemoiselles ? Avez-vous rencontré parmi vous quelque compagne qui fût douée de cette dangereuse qualité ? Si vous avez eu occasion de l'observer en action, ou si vous en avez appris quelque chose par l'expérience d'autrui, que pensez-vous d'une semblable faculté et de ses résultats ?

J'avais proposé un jour ces mêmes questions à d'autres jeunes filles que vous ; voici de quelle manière l'une d'elles y répondit :

« Il me semble que la ruse est le mensonge en action ; c'est une sorte de souplesse morale, qui nous fait plier aux circonstances et nous porte à employer des moyens détournés pour arriver à notre but ; elle est un mélange d'adresse, de fausseté, d'artifice et de finesse ; mais elle se distingue de cette dernière, en ce qu'elle a toujours l'intention de tromper. La ruse exige la finesse pour envelopper plus adroitement, et pour rendre plus subtils les piéges qu'elle nous tend ; celle-ci au contraire ne sert souvent qu'à découvrir et à déjouer innocemment ces piéges ; car la ruse est toujours offensive, tandis que la finesse peut ne pas l'être.

« La ruse inspire du mépris, de la défiance, et elle me paraît être en opposition directe avec la franchise, la délicatesse, la droiture et la loyauté. Je sais cependant qu'elle est permise dans la guerre, et que l'emploi qu'en ont fait plusieurs grands généraux la légitime ; mais je ne puis m'empêcher de penser qu'elle flétrit toujours un peu l'éclat du triomphe, et il me semble plus glorieux de vaincre ses ennemis par le seul effort du courage, que de les faire tomber dans un piége, quelque adroit qu'on le suppose.

« Il est cependant un trait ingénieux de ruse qui doit, je crois, trouver grâce aux yeux de la morale et de la religion : il est inspiré par l'amour conjugal, le but est légitime, et l'artifice employé, innocent ; le voici : Guelphe, duc de Bavière, faisait la guerre à l'empereur Conrad III ; ce prince l'assiége dans le château de Winsberg : après s'y être longtemps défendu avec courage, Guelphe est contraint de se rendre, il capitule, et obtient de Conrad la permission de faire passer ses troupes au travers de l'armée ennemie. Mais l'épouse du duc, craignant que quelque trahison ne fût cachée sous cette apparence de clémence, fit demander à l'empereur un sauf-conduit, pour elle et les femmes qui étaient dans le château, afin de pouvoir se rendre dans un lieu de sûreté, en emportant ce qu'elles avaient de plus précieux. Le lendemain, on vit sortir ces courageuses épouses, portant chacune leur mari sur leurs épaules, et fléchissant sous le poids d'un fardeau trop pesant pour leur faiblesse, mais que la tendresse et le dévouement leur donnaient la force de supporter. Ému de ce spectacle, et admirant cette ruse tout à la fois ingénieuse et touchante, Conrad conclut avec Guelphe une paix solide et sincère.

« Malgré cet exemple exceptionnel, j'avoue que je ne saurais estimer ni honorer une personne rusée ; je la redouterais pour ennemie ; je ne la voudrais même pas pour amie, de quelque utilité qu'elle pût m'être, puisque je ne pourrais jamais avoir pour elle cette confiance sans réserve, qui me paraît l'unique base de l'amitié et son lien le plus puissant et le plus doux. »

« STÉPHANIE ****. »

L'humanité envers les animaux.

Ce n'est pas à vous, j'aime à le penser, jeunes filles, qu'il peut être nécessaire de recommander de n'être point cruelles envers les animaux. Il n'est pas dans la nature de votre sexe de se plaire à faire souffrir ; au contraire, il est ordinairement compatissant et tendre ; c'est un de ses mérites et de ses charmes, c'est une disposition qui sied à sa faiblesse et à sa grâce, c'est un don convenable à sa destination dans ce monde où il est si souvent appelé à soulager et à consoler. Je suis donc convaincu qu'aucune de vous ne peut trouver du plaisir à voir souffrir ou mourir un animal, même un pauvre insecte, une pauvre petite mouche ; à plus forte raison ne voudriez-vous pas vous-mêmes causer, sans nécessité, la douleur ou la mort d'aucun être vivant. Cependant, je ne crois pas inutile de vous entretenir de ce sujet, ne fût-ce que pour vous engager à vous opposer, dans l'occasion, à la cruauté d'autrui, soit par l'autorité, soit par la prière, et pour vous suggérer de bonnes raisons à faire valoir en pareil cas.

Sans doute, il est nécessaire quelquefois de tuer

les animaux, soit pour notre nourriture, soit pour
nous préserver de leurs offenses. C'est une loi...
j'allais dire une triste loi, et je me reprends, parce
qu'il n'est pas permis de qualifier en mal aucune
des lois établies par Dieu, dont notre faible intelligence et notre raison bornée ne sauraient pénétrer
les desseins..... C'est une loi dans toute la nature
que la vie soit entretenue par la mort, que la pro-
duction naisse de la destruction, que certains êtres
servent à l'alimentation de certains autres, que ceux-
ci vivent de ceux-là ; le lion dévore la gazelle, le
renard dévore la poule et le lapin, nous dévorons le
bœuf, le mouton et beaucoup d'autres chairs. Nous
nous débarrassons aussi par la mort d'une foule
d'animaux qui sont pour nous dangereux, nuisibles
ou seulement incommodes. Ce sont des nécessités
auxquelles notre existence est soumise ; mais il n'est
jamais nécessaire de faire souffrir, et il n'est jamais
bien de faire mourir sans motif et sans utilité les
créatures de Dieu. Il m'est impossible de ne pas
penser que ceux qui peuvent le faire avec plaisir ou
seulement avec indifférence, soient peu éloignés de
voir avec indifférence aussi les souffrances de leurs
semblables. Qu'ils soient donc l'objet d'une juste
improbation, pour ne rien dire de plus. Dieu prend
soin de tous les êtres qu'il a créés ; c'est impiété à
nous de ne pas respecter ce que sa providence daigne soutenir.

Mais plutôt que de vous exprimer mes propres
pensées et mes propres sentiments sur ce sujet,
laissez-moi vous faire lire les paroles bien autrement
éloquentes, d'un grand et illustre écrivain. Dans le
Cours familier de littérature que publie M. de La-
martine, voici une anecdote qu'il raconte de lui-
même, comme un souvenir.

Il était à la chasse, « un chevreuil innocent et heureux, dit-il, bondissait de joie dans les serpolets trempés de rosée sur la lisière d'un bois. Je l'apercevais de temps en temps par-dessus les tiges de bruyères, dressant les oreilles, frappant de la corne, flairant le rayon, réchauffant au soleil levant sa tiède fourrure, broutant les jeunes pousses, jouissant de sa solitude et de sa sécurité.

« J'étais fils de chasseur, j'avais passé mes jeunes années avec les gardes-chasse, les curés de village et les gentilshommes de campagne qui découplaient leurs meutes avec celle de mon père. Je n'avais jamais réfléchi encore à ce brutal instinct de l'homme qui se fait de la mort un amusement, et qui prive de la vie, sans nécessité, sans justice, sans pitié et sans droit, des animaux qui auraient sur lui le même droit de chasse et de mort, s'ils étaient aussi insensibles, aussi armés et aussi féroces dans leur plaisir que lui. Mon chien quêtait ; mon fusil était sous ma main ; je tenais le chevreuil au bout du canon.

« J'éprouvais bien un certain remords, une certaine hésitation à trancher du coup une telle vie, une telle joie, une telle innocence dans un être qui ne m'avait jamais fait de mal, qui savourait la même lumière, la même rosée, la même volupté matinale que moi, être créé par la même providence, doué peut-être à un degré différent de la même sensibilité et de la même pensée que moi-même, enlacé peut-être des mêmes liens d'affection dans sa forêt ; cherchant son frère, attendu par sa mère, espéré par sa compagne, bramé par ses petits. Mais l'instinct machinal de l'habitude l'emporta sur la nature qui répugnait au meurtre, le coup partit. Le chevreuil tomba l'épaule cassée par la balle, bondissant en vain dans sa douleur sur l'herbe rougie de son sang.

« Quand la fumée du coup fut dissipée, je m'approchai en pâlissant et en frémissant de mon crime. Le pauvre et charmant animal n'était pas mort. Il me regardait, la tête couchée sur l'herbe, avec des yeux où nageaient des larmes. Je n'oublierai jamais ce regard auquel l'étonnement, la douleur, la mort inattendue semblaient donner des profondeurs humaines de sentiment aussi intelligibles que des paroles ; car l'œil a son langage, surtout quand il s'éteint.

« Ce regard me disait clairement, avec un déchirant reproche de ma cruauté gratuite : « Qui « es-tu ? Je ne te connais pas, je ne t'ai jamais of- « fensé. Je t'aurais aimé peut-être ; pourquoi m'as-tu « frappé à mort ? pourquoi m'as-tu ravi ma part de « ciel, de lumière, d'air, de jeunesse, de joie, de « vie ? que vont devenir ma mère, mes frères, ma « compagne, mes petits qui m'attendent dans le « fourré, et qui ne reverront que ces touffes de mon « poil disséminées par le coup de feu, et ces gouttes « de sang sur la bruyère ? N'y a-t-il pas là-haut un « vengeur pour moi ou un juge pour toi ? Et cepen- « dant, je t'accuse, mais je te pardonne ; il n'y a pas « de colère dans mes yeux, tant ma nature est douce, « même contre mon assassin. Il n'y a que de l'éton- « nement, de la douleur, des larmes. »

« Voilà littéralement ce que disait le regard du chevreuil blessé. Je le comprenais, et je m'accusais comme s'il avait parlé avec la voix. « Achève- « moi, » semblait-il me dire encore par la plainte de ses yeux et par les inutiles frémissements de ses membres.

« J'aurais voulu le guérir à tout prix ; mais je re-

pris le fusil par pitié, et en détournant la tête, je
terminai son agonie du second coup. Je rejetai alors
le fusil avec horreur loin de moi, et cette fois, je
l'avoue, je pleurai. Mon chien lui-même parut attendri ; il ne flaira pas le sang, il ne remua pas du
museau le cadavre, il se coucha triste à côté de moi.
Nous restâmes tous les trois dans le silence, comme
dans le deuil de la même mort.

« C'était l'heure de midi. J'attendis que le vieux
berger qui ramène les moutons à l'étable pendant
les heures brûlantes repassât avec son troupeau sur
la lisière du bois, pour lui faire emporter le chevreuil à la maison......

« Je renonçai pour jamais à ce brutal plaisir du
meurtre, à ce despotisme cruel du chasseur qui enlève sans nécessité, sans droit, sans pitié, l'existence
à des êtres auxquels il ne peut pas la rendre. Je me
jurai à moi-même de ne jamais retrancher par caprice une heure de soleil à ces hôtes des bois ou à
ces oiseaux du ciel, qui savourent comme nous la
courte joie de la lumière et la conscience plus ou
moins vague de l'existence sous le même rayon.

« Ils appartiennent à Dieu, me dis-je ; Dieu m'a
« fait leur ami et non leur tyran. La vie quelle
« qu'elle soit, est trop sainte pour en faire ce jouet
« et ce mépris que notre incomplète civilisation nous
« permet d'en faire impunément devant les lois,
« mais que le créateur ne nous permettra pas d'a-
« voir fait impunément devant sa justice. »

« De ce jour, je n'ai plus tué. »

Et nous, mes enfants, dans nos rapports avec les
animaux, soyons pour eux toujours pitoyables et
sympathiques, respectons et aimons toutes les créatures de Dieu, et pensons que cette pitié et cette

20

sympathie pour toute la création, sont un rameau
de l'arbre saint et fécond de la charité.

Causerie sur l'art d'écouter.

Il est un *art d'écouter* qui consiste à entendre
sans être aperçu, à prêter l'oreille aux portes, à
s'approcher tout doucement des personnes qui par-
lent à voix basse, à surprendre enfin les secrets
d'autrui; cet art est celui des curieux, des indiscrets,
des importuns. Ce n'est pas celui-là, mes chères enfants, dont je prétends vous entretenir et que je
voudrais vous enseigner; je vous rendrais un trop
mauvais service, car le moins qui puisse arriver à
ceux qui l'exercent, est de devenir insupportables
aux autres, d'être regardés comme dangereux et
haïssables, et souvent ils en sont punis par de rudes
mortifications ou de justes châtiments.

Mais il est aussi un autre *art d'écouter*, instruc-
tif et fructueux pour quiconque le possède, en même
temps qu'il est agréable et flatteur pour la personne
qu'on écoute ; c'est de celui-ci que j'ai envie de vous
dire quelques mots.

Nous devons écouter nos supérieurs, par respect
et par déférence ; nous devons écouter nos égaux,
par politesse; nous devons écouter nos inférieurs,
par bienveillance; ainsi, quelle que soit la personne
qui nous parle, quel que soit le sujet dont elle nous
entretient, écouter est un devoir imposé par les relations sociales et par la simple bienséance. Il n'est
qu'un seul cas où ce devoir cesse d'exister, c'est
lorsqu'on nous donne de mauvais conseils, ou lorsqu'on nous parle de choses qu'un autre devoir ne
nous permet pas d'entendre ; mais alors, il est de

notre dignité de déclarer avec une franchise mesurée et décente, que nous ne pouvons pas et ne vou-
lons pas écouter. Dans toute autre circonstance, il
faut nous y prêter de bonne grâce, sous peine d'être
maussades et désagréables dans le monde.

Je ne sais si vous avez jamais rencontré de ces
gens qui voudraient toujours parler et n'écouter
personne ; qui ne sont préoccupés que de leurs propres idées ; qui ne prêtent aucune attention à ce que
disent les autres, et ne songent, tandis que vous
leur parlez, qu'à ce qu'ils diront eux-mêmes quand
vous aurez fini ; qui n'attendent pas même la réponse à une question qu'ils ont faite, et paraissent
ainsi dédaigner absolument tout ce que vous pouvez
penser et dire : certes, si vous avez vu de ces per-
sonnes-là, elles ont dû vous paraître peu aimables,
et vous inspirer peu de désir de les imiter ; vous
avez pu remarquer aussi qu'elles sont bien punies
de leur travers, par l'éloignement qu'on ressent
pour elles, et par le ridicule dont elles se couvrent.
Il y a loin de là à l'intérêt, à la bienveillance, à la
reconnaissance même qu'on est sûr de s'attirer de
la part des autres, en les écoutant avec attention et
avec complaisance. Un moraliste de ma connnais-
sance a dit quelque part : « Celui qui écoute emploie
souvent mieux son temps, que celui qui parle. » En
effet, l'accomplissement d'un devoir quel qu'il soit,
porte toujours sa récompense. C'en est une déjà que
d'acquérir l'estime, l'amitié, la bienveillance des
autres ; mais il y a encore quelque chose à gagner
pour celui qui sait écouter avec intelligence : c'est
sur ce point que je veux insister.

Tout le monde ne peut pas tout étudier : la conversation a surtout cela d'utile, que chacun y apporte le fruit de ses études spéciales, et qu'il peut

s'y opérer un heureux échange des connaissances
acquises respectivement par les interlocuteurs. Considérée sous ce point de vue, il est évident que celui qui y trouvera le plus de profit, n'est pas celui
qui parlera davantage, mais bien celui qui saura le
mieux écouter.

Voulez-vous connaître le grand art de profiter de
la conversation? c'est de la diriger, autant que possible, sur les sujets qui sont le plus familiers aux
personnes avec qui vous conversez. Toutes les fois
que vous rencontrez une personne qui a acquis un
savoir spécial, dans un art, dans une science, dans
une branche quelconque des connaissances humaines,
hâtez-vous de la mettre sur son terrain. Il ne faut
pour cela qu'une question faite adroitement et à
propos ; et la chose est d'autant plus facile, que chacun aime, en général, à parler de ce qui l'occupe le
plus habituellement, et de ce qu'il sait le mieux. Par
la même raison, vous êtes sûr aussi de vous rendre
agréable à votre interlocuteur ; votre confiance dans
ses lumières, votre intérêt ne peuvent que le flatter ;
et en même temps, si vous l'écoutez avec attention
et intelligence, il vous apprendra des choses que
vous auriez peut-être ignorées toute votre vie, parce
que vos études sont dirigées d'un tout autre côté
que les siennes. Ne craignez pas, quand vous n'avez
pas bien compris, de lui demander une nouvelle explication ; ce ne sera pour lui qu'une preuve de plus
du plaisir que vous avez à l'entendre, et pour vous,
un moyen d'éclaircir vos idées.

C'est ainsi, c'est en pratiquant l'art d'écouter, que
bien des gens ont acquis une grande variété de connaissances qu'ils n'auraient jamais eu le temps de
puiser dans les livres. Je sais bien que des connaissances acquises de cette façon ne peuvent pas être

très-complètes, et que tout cela se borne à des notions un peu superficielles ; mais comme il n'est pas possible de tout approfondir, c'est toujours une bonne chose, au moins, de multiplier le nombre de ces notions générales ; et l'art d'écouter en offre le moyen, sans préjudice pour les études plus sérieuses et plus profondes, qui sont notre occupation spéciale.

Ainsi, l'art d'écouter est utile à tout le monde ; mais on comprendra sans peine qu'il l'est particulièrement aux enfants et aux jeunes gens qui ont encore tant de choses à apprendre, et aux jeunes filles chez lesquelles il prend un caractère de bonne grâce et de modestie. Il les rend d'ailleurs plus aimables, plus intéressantes ; il donne bonne opinion d'elles, et il n'est personne qui n'applaudisse au désir de s'instruire et à cette modestie, dont il est l'indice. C'est pourquoi, mes chères lectrices, je vous invite à le pratiquer avec toute l'intelligence dont je suis convaincu que vous êtes douées.

Le Sel.

Il est une multitude de choses utiles, indispensables aux besoins de la vie, dont on fait usage chaque jour sans songer à s'informer de ce que sont ces choses, ni des moyens qu'on a de se les procurer, ni de tout ce qu'il en coûte de peines, de fatigues aux hommes qui font métier d'en alimenter la consommation. Cette indifférence m'a toujours paru fort étonnante, et même blâmable ; car elle entraîne ordinairement l'oubli de rendre grâces à la Providence pour des bienfaits si multipliés. Il faut l'avouer, c'est en jouir un peu à la manière des animaux qui ne savent pas et ne s'inquiètent pas de savoir à qui ils doivent les biens qui leur sont donnés.

Je ne puis pas, mes enfants, vous signaler et vous faire connaître toutes les choses de ce monde, toutes les productions naturelles, toutes les substances qui sont dans le cas que je viens de dire ; il faudrait pour cela beaucoup de livres infiniment plus gros que celui-ci. Mais je veux prendre au moins un exemple qui vous fasse sentir combien ce que je vous dis est vrai, et je le choisis dans un produit bien commun et que vous connaissez toutes.

Le *sel* est, en effet, une des substances dont l'usage est le plus généralement répandu ; il est devenu un besoin réel pour toute l'espèce humaine. Non-seulement il communique à nos aliments une saveur agréable, mais il a de plus la propriété d'en faciliter la digestion. Le sel ne peut donc pas être considéré comme un objet de sensualité ou de luxe, il est de première nécessité ; les habitants, même les plus pauvres, des campagnes ne s'en privent point ; s'il venait à manquer, ce serait une calamité véritable ; la cherté seule de cette denrée est un fléau pour les classes peu aisées de la société, et l'on assure qu'une des plus grandes privations qui accablèrent les armées françaises, dans la funeste campagne de Moscou, fut la privation totale de sel.

Ce n'est pas à l'assaisonnement de nos mets que se borne l'emploi du sel. Il a la propriété, comme on sait, de conserver les viandes et le poisson, de les préserver de la corruption ; et pour sentir à quel point cette propriété est précieuse, il suffit de réfléchir à l'avantage qu'on en retire pour le service de la marine, pour les provisions nécessaires dans les voyages de long cours, enfin pour les besoins mêmes des villes dans certaines saisons de l'année. Il est,

de plus, employé comme engrais, et il s'en fait, pour
cet usage, une immense consommation dans les
campagnes.

Ne trouvons-nous pas encore ici une nouvelle occasion d'admirer la sage et bienfaisante prévoyance
du créateur, qui a proportionné l'abondance de cette
substance à son utilité? Le sel se trouve dans presque
toutes les contrées du globe : d'abord, il est dissous
dans les eaux de toutes les mers, qui en contiennent
depuis six jusqu'à dix-huit pour cent de leur poids,
et auxquelles il donne une saveur amère. Un grand
nombre de fontaines et certains lacs en contiennent
aussi en dissolution. Il existe enfin, en grandes cou-
ches ou masses solides, dans le sein de quelques
montagnes.

Avant de vous dire comment on le retire des lieux
où il s'est formé, il faut que je m'explique sur un point
que j'allais peut-être omettre, et qui est pourtant
essentiel. Il existe, dans la nature, un assez grand
nombre de substances qui portent en général le nom
de sels, et qui sont distinguées les unes des autres
par des noms particuliers. Ce n'est pas ici le lieu de
vous entretenir de leur composition, de leurs pro-
priétés et de leurs usages; il faudrait, pour cela,
vous faire un cours de chimie. Je dois vous prévenir
seulement que je n'entends parler en ce moment
que du sel commun, que vous mangez tous les jours,
et qu'on appelle vulgairement *sel marin*, *sel gemme*,
sel de cuisine.

Un grande partie du sel qui se consomme, est re-
tirée des eaux de la mer, qu'on amène à cet effet
dans de petits bassins convenablement construits,
où ces eaux s'évaporent et déposent le sel qu'elles
contiennent. C'est ce qu'on appelle *salines* ou *marais
salins*.

Lorsque le sel est bien cristallisé, il présente la forme de petits cubes qui s'arrangent quelquefois, en se réunissant, de manière à former de petits entonnoirs carrés qu'on nomme *trémies*.

Le sel qui existe à l'état solide dans le sein de la terre en est retiré immédiatement, et c'est une chose très-curieuse à observer que les mines où on l'exploite. Il en est plusieurs dans le nord de l'Europe. Les plus célèbres sont celles de Wielitska et de Bochnia, près de Cracovie, en Pologne. A Wielitska, les travaux sont distribués sur trois étages, qui correspondent chacun à une couche, ou amas de sel. Le premier atelier existe à soixante-dix mètres de la surface du sol, et le plus profond à deux cent cinquante mètres ; quelques voyageurs ont même rapporté que cette profondeur allait jusqu'à trois cent trente mètres. C'est ce dernier amas qui fournit le sel le plus pur et le seul, dit-on, qui soit exploité présentement. Les travaux s'étendent sur près de deux kilomètres en longueur, et environ un kilomètre en largeur. Ils consistent en galeries et en chambres d'une hauteur énorme, entièrement taillées dans le sel, et soutenues, lorsque la sûreté l'a exigé, par des piliers de sel réservés dans la masse. On cite de ces excavations qui ont jusqu'à cent mètres de hauteur. On en extrait le sel à l'aide de coins, de leviers, ou par des explosions de poudre à canon, et l'on en détache des blocs dont les parties les plus dures sont taillées sur place en cylindres d'un mètre de hauteur, sur soixante ou quatre-vingts centimètres de diamètre. On nomme *balwanes* ces cylindres qui sont exportés au loin, tandis que les débris sont employés dans le pays même. Douze puits sont destinés au service de cette grande exploitation, soit pour l'extraction du sel, soit pour l'entrée et la sortie des mineurs. On communique du premier atelier aux étages inférieurs, par des escaliers en bois, doux et commodes, dont l'un est réservé pour les visites des personnages de haute distinction.

Ces mines occupent de douze à quinze cents ouvriers, et quarante chevaux attachés au service intérieur, qui y séjournent six à sept ans, sans y éprouver d'autre incommodité que celle d'y perdre totalement la vue. L'air qui circule librement dans ces vastes souterrains est pur et sec; les mineurs y jouissent d'une santé robuste. Ces mines sont exploitées depuis le commencement du seizième siècle, et produisent annuellement sept cent cinquante mille quintaux de sel.

L'on a beaucoup exagéré les merveilles de ces vastes exploitations, et l'on a même été jusqu'à raconter qu'il y existait un village souterrain tout entier, que les mineurs y demeuraient avec leurs femmes et leurs enfants, qu'ils y passaient toute leur vie, et qu'ils renonçaient ainsi au bonheur de voir le jour. Il n'y a rien de vrai dans tout cela. Le fait est qu'on trouve au premier étage une chapelle sculptée dans la masse du sel, dédiée à saint Antoine. Cette chapelle a dix mètres de longueur, sur huit de largeur et six de hauteur. L'autel, ses degrés, les candélabres, les colonnes torses qui soutiennent la voûte, la chaire à prêcher, le crucifix, et les statues de la sainte Vierge et de saint Antoine sont sculptés en sel, ainsi que la figure en pied de Sigismond, roi de Pologne. Il existe encore, dans ces mêmes mines, deux autres chapelles analogues à celle dont je viens de parler, et dans lesquelles on célèbre la messe, au bruit des trompettes et des timbales, à certains jours de l'année, en mémoire de

quelques phénomènes qui se sont anciennement produits dans les mines. On y a pratiqué aussi des écu-
ries pour les chevaux, et des loges fermées, où les
ouvriers déposent leurs outils quand ils sortent, ce
qu'ils font tous les jours. On y voit enfin plusieurs
lacs sur lesquels on peut se promener en nacelle.
En général, l'aspect de ces mines, au rapport des
voyageurs les plus véridiques, a quelque chose de
magique et d'imposant, qui tient à la grandeur des
espaces et au brillant des parois, des voûtes et des piliers qui les supportent.

N'est-il pas vrai, mes enfants, qu'il y a, dans l'histoire de cette substance si commune et si vulgaire,
un assez grand sujet d'admiration pour la sagesse et
la bonne providence de Dieu, et en même temps pour
l'intelligence et l'industrie de l'homme, qui ne sont
pas les moindres bienfaits qu'il ait reçus de son créateur ?

De l'utilité des poissons.

Le plus grand avantage que l'homme puisse tirer
des poissons, c'est sans contredit la nourriture
abondante qu'ils lui présentent. Chaque année, il
sort de l'Océan une masse considérable d'aliments
qui vont se consommer dans la chaumière de l'indi-
gent, comme sur la table des grands et des rois. Des
flottilles de bateaux-pêcheurs s'étendent sur toutes
les mers, arrêtent au passage les bancs de poissons
voyageurs, les emprisonnent dans leurs filets, et s'en
retournent dans les rades voisines, apportant des
nations de harengs, de morues, de saumons, et de
poissons de toute espèce.

Certaines de ces espèces ont été recherchées de
tout temps par les hommes les plus délicats, à cause

de leur saveur délicieuse. On sait à quel point les Romains en poussèrent le luxe sous les empereurs ; tandis qu'au temps de la république, ils regardaient comme efféminés ceux qui s'en nourrissaient. Ce luxe fut porté jusqu'à la folie et à la fureur. On se disputait, dans les marchés de Rome, les plus beaux poissons, et l'on vit jusqu'aux graves sénateurs délibérer sur le choix de la sauce à laquelle on devait mettre un turbot, pour la table de Domitien. Au temps de l'empereur Sévère, lorsqu'on lui servait un esturgeon, on le portait en triomphe, comme s'il eût été question de Scipion retournant vainqueur d'Annibal et de Carthage ; les gardes prétoriennes, les faisceaux d'armes, les flambeaux, les couronnes, les drapeaux étaient les moindres ornements de cette cérémonie ; et c'était pour un poisson que l'on prodiguait ainsi les marques de la grandeur romaine. Passe encore si les Romains se fussent contentés d'être sur ce point ridicules et insensés ; mais ils poussèrent la chose jusqu'à l'atrocité. Védius Pollion nourrissait ses *murènes* de la chair de ses esclaves qu'il condamnait à mort, afin de donner un meilleur goût à ses poissons. Auguste mangeant chez ce Romain, un esclave cassa par hasard un plat précieux, Pollion en fureur lui cria : *Aux murènes !* Auguste, révolté de cette cruauté, fit casser toute sa vaisselle précieuse, et donna la liberté à l'esclave.

Le *garum* des Romains, composition très-renommée pour assaisonner les aliments, était préparé avec les entrailles pourries du *thon* et du *maquereau*, et avec du sel, du vinaigre, du vin chaud et divers aromates. Cette préparation se vendait à un prix énorme, et l'on en faisait profusion. Aujourd'hui, on fait usage au Tunkin d'une composition analogue faite avec des *écrevisses* et des *crevettes*. Le *caviar*, dont les peuples de la religion grecque font une grande consommation dans leur carême, est composé d'œufs d'esturgeon et d'autres poissons broyés avec du sel, des aromates, puis arrosés d'huile et séchés au soleil.

On obtient de plusieurs poissons dont la substance est fort gluante, une espèce de colle qui est employée à des usages assez nombreux. La meilleure est celle qui est plus blanche et plus inodore ; elle est fournie par certaines espèces d'*esturgeons*.

Il est des poissons dont la peau, étant très-tenace, peut devenir utile dans plusieurs cas. Ainsi, la peau du *loup-de-mer* s'emploie pour faire des besaces ; la peau d'anguille sert de courroies ; celle de quelques autres poissons est même assez forte pour servir de soupente de carrosse, et de cordes pour les chevaux de trait.

Dans quelques lieux maritimes, on pêche en très-grande abondance un poisson nommé *épinoche*, que l'on répand comme du fumier pour engraisser les champs. On en extrait aussi de l'huile, en le faisant bouillir dans une grande chaudière et en le soumettant au pressoir. Plusieurs nations industrieuses du Nord se procurent par la même opération, une grande quantité d'huile animale, avec tous les poissons et les débris de ces animaux dont elles ne peuvent tirer aucun autre avantage. La masse qui reste, après l'extraction de l'huile, peut même être employée à nourrir les chiens ; et l'on a vu dans l'Islande, la Zélande et d'autres contrées maritimes, des vaches, des cochons et même des moutons, habitués à manger du poisson, faute d'herbe.

Tels sont les principaux usages auxquels l'homme fait servir ces animaux que la Providence a pris soin de multiplier en proportion des services qu'ils peuvent

nous rendre. Dans le nombre de ces services, il en
est un qui, bien qu'il ne soit pas immédiat, remonte
cependant à eux indirectement; c'est l'invention de
la navigation. La pêche, en effet, a dû créer le premier navigateur, et a ouvert ainsi aux nations les
routes de l'Océan. Les Tyriens, les Sidoniens étaient,
dans le principe, des pêcheurs; enhardis peu à peu
sur les flots, abordant sur des plages inconnues, ces
entreprenants navigateurs, de pauvres matelots qu'ils
étaient d'abord, sont devenus les premiers rois de la
mer, et ont conquis cet immense empire pour le léguer à ceux qui devaient plus tard en reculer encore
les limites.

C'est une belle gloire que celle d'un Christophe
Colomb, d'un Vasco de Gama, d'un Magellan, d'un
Cook! Mais elle n'est pas plus grande que celle du
premier pêcheur audacieux et intrépide qui a osé,
sur une frêle barque, perdre de vue la terre, et dont
le nom pourtant est oublié.

Le Castor.

J'espère, mes chères enfants, que vous lirez avec
autant de plaisir que de surprise l'histoire de l'inté-
ressant animal dont je vais vous entretenir. Vous
avez sans doute entendu parler du castor, dont le
poil fin et délicat fait une jolie fourrure, et sert aussi
à composer le feutre avec lequel on fabrique les plus
beaux chapeaux. Il n'est peut-être pas d'animal de
qui les mœurs et l'industrie méritent plus d'être ob-
observées.

Le castor est un quadrupède dont le corps, long
de soixante-cinq centimètres environ, se termine par
une queue large, aplatie et recouverte d'écailles,
de laquelle il se sert, comme vous le verrez, avec

beaucoup d'adresse. Sa couleur ordinaire est le gris
roux ; quelquefois, mais rarement, il est d'un beau
blanc ou d'un noir foncé.

Les castors vivent en société et habitent le nord
de l'ancien et du nouveau continent. Ils sont surtout
très-communs dans le Canada. C'est au bord des
eaux qu'ils se réunissent, quelquefois au nombre de
deux ou trois cents ; et c'est sur les eaux mêmes,
qu'ils construisent, avec un instinct admirable, des
habitations solides et commodes, dont l'ensemble
présente l'aspect d'une sorte de ville ou de bourgade.
Aussitôt qu'ils ont choisi le lieu de leur établissement, avant de songer à bâtir leurs demeures parti-
culières, ils commencent par se livrer de concert aux
travaux qui intéressent toute la communauté. S'ils
se trouvent près d'une eau tranquille et se soutenant
toujours à la même hauteur, comme celle d'un lac,
par exemple, ces travaux communs se bornent à
couper des pieux, à les planter dans l'eau et à garnir
tous les intervalles avec de la terre gâchée, afin de
former une base à fleur d'eau, semblable à ce qu'on
appelle un pilotis, pour construire leurs cabanes
par-dessus. Mais s'ils ont affaire à une eau courante
et, par conséquent, sujette à croître et à décroître,
le travail devient plus considérable. Ils réunissent
alors tous leurs efforts pour élever une digue ou barrage en travers de la rivière, afin de retenir les eaux
toujours à la même hauteur. Ce barrage qui va d'un
bord à l'autre, a quelquefois jusqu'à plus de trente
mètres de longueur, et on conçoit à peine comment
de si faibles animaux peuvent exécuter un aussi immense travail. Ils cherchent d'abord tout près de la
rivière un grand arbre qu'ils se mettent à ronger par
le pied, jusqu'à ce qu'il soit coupé et qu'il tombe en
travers. Leurs dents fortes et tranchantes sont très-

propres à cette opération, et ils y trouvent du plaisir, parce que l'écorce d'arbre et le bois frais sont un de leurs aliments favoris. Lorsqu'ils sont parvenus à faire tomber ce grand arbre, ils le dépouillent des branches incommodes, jusqu'à ce qu'il se trouve étendu à fleur d'eau. Puis, ils vont couper d'autres arbres plus petits, pour en former des pieux qu'ils savent très-bien faire de la même longueur. Quelques-uns plongent dans l'eau, où ils peuvent se tenir assez longtemps sans respirer, et ils creusent la terre au fond pour y faire entrer l'extrémité du pieu. Ils s'entr'aident avec une singulière intelligence, et au moyen de cet accord, parviennent à mouvoir et à disposer ces lourdes pièces de bois, de manière qu'elles se trouvent plantées les unes auprès des autres avec beaucoup de régularité et toutes au même niveau. Ils vont, après cela, gâcher avec leurs pattes, de la terre dont ils font une sorte de ciment qu'ils apportent dans leur gueule, et avec lequel ils remplissent tout l'intervalle entre les pieux. C'est ainsi qu'ils parviennent à construire une masse solide capable de résister au cours de l'eau. Ce travail achevé, vous concevez bien que, lorsque la rivière décroît, le barrage retient les eaux. Mais quelquefois des crues abondantes dégradent la digue, et les castors savent très-bien alors la réparer.

Au moyen de ces précautions, ces industrieux animaux trouvent sur le bord d'une rivière les mêmes commodités que sur le bord d'un lac. Seulement, dans cette dernière localité, ils n'ont à construire que leur pilotis, dont le travail n'est rien en comparaison de celui de la digue.

Lorsque cette première fondation commune est achevée, chacun songe à bâtir sa demeure. Ces demeures consistent en cabanes, ou pour mieux dire, en maisonnettes qui ont quelquefois plusieurs étages. Avec de la terre gâchée, des morceaux de bois, des pierres et d'autres matériaux, ils élèvent des murailles qui ont jusqu'à plus de soixante-cinq centimètres d'épaisseur, et dont la forme est toujours ronde ou ovale. Ces murailles se terminent, dans la partie supérieure, par une sorte de voûte arrondie en anse de panier, qui sert de toit à l'édifice. L'intérieur a depuis un mètre et demi jusqu'à plus de trois mètres de largeur. Ces maisons sont proprement enduites, en dedans et en dehors, d'une espèce de stuc, que les castors y appliquent fort adroitement avec leur queue, dont ils se servent comme d'une truelle de maçon. Elles ont deux ouvertures, l'une du côté de la terre, l'autre du côté de l'eau. Cette dernière leur sert, en quelque sorte, de balcon pour prendre le frais, et ils s'y suspendent pour se baigner pendant une grande partie de la journée. Ces petits édifices sont maçonnés avec tant de solidité, que l'eau des pluies ne saurait y pénétrer, et qu'ils peuvent résister aux vents les plus impétueux.

Une fois la maison bâtie, on s'occupe de bâtir le magasin où doivent être recueillies les provisions pour l'hiver. La construction s'en fait de la même manière. Chaque cabane a son magasin, dont la grandeur est proportionnée au nombre de ses habitants. On a vu de ces bourgades, composées de vingt ou vingt-cinq de ces habitations, contenant ensemble de deux cent cinquante à trois cents castors, qui paraissaient vivre dans une parfaite intelligence et former une société douce et paisible. Il me reste à vous décrire les mœurs de cette société.

Lorsque ces animaux se sont réunis, vers le mois de juin, pour former un établissement, ils y travaillent avec constance jusqu'à ce que tout soit terminé.

Lorsqu'ils attaquent un arbre, ils ne le quittent pas qu'il ne soit abattu, dépecé, transporté. C'est ordinairement à trente ou quarante centimètres de terre qu'ils le coupent, car ils se tiennent assis pour le ronger plus commodément.

Quand les travaux communs sont achevés, les castors se partagent en petites tribus composées de deux, quatre, huit, dix, quelquefois jusqu'à vingt individus, mais toujours en nombre pair, faisant deux à deux des ménages distincts qui vivent en bonne union. Ils construisent alors leurs habitations et leurs magasins, comme je l'ai dit. Les maisons sont d'une extrême propreté, et les castors en garnissent le plancher de rameaux de buis et de sapin qui leur servent de tapis, et ils n'y font ni ne souffrent jamais aucune ordure.

Ces animaux ont un instinct singulier de la propriété. Ils ne permettent point à des étrangers de venir s'établir dans leur enceinte. Chaque tribu ayant son magasin de provisions, ne songe pas à aller piller les autres, et ne souffrirait pas non plus qu'on vînt lui enlever ses richesses. Mais elle n'y est point exposée puisque, dans ce petit peuple, chacun respecte la propriété d'autrui. Il y règne une paix inaltérable, que les castors doivent sans doute à la simplicité de leurs goûts, à la modération de leurs appétits.

C'est après avoir employé les mois de juillet et d'août à construire leurs habitations, que les castors songent à amasser leurs provisions pour l'hiver. Cette récolte a lieu pendant le mois de septembre, et se compose d'écorces fraîches, de bois tendre et d'autres aliments, dont ils remplissent leurs magasins. Ensuite ils jouissent tranquillement de leurs travaux et goûtent un doux repos.

Un de leurs plus grands plaisirs est le bain, qu'ils

prennent, comme je l'ai déjà dit, en se suspendant extérieurement à la fenêtre de leur cabane, ouverte du côté de l'eau. Cette fenêtre est percée avec précaution, et assez élevée pour ne pouvoir pas être bouchée par les glaces, qui sont très-épaisses dans les pays qu'habitent les castors. Souvent ils plongent sous la glace et y vont même assez loin. Les chasseurs du Canada savent profiter de ce moment pour les prendre, en attaquant d'un côté la cabane, et en attendant l'animal auprès d'un trou qu'on pratique à quelque distance, dans la glace, et où il est obligé de venir pour respirer.

Lorsqu'un castor découvre quelque danger et s'aperçoit que l'établissement est menacé par des ennemis extérieurs, il avertit aussitôt toute la bourgade, en donnant sur l'eau, avec sa queue, un grand coup qui retentit sous toutes les voûtes des maisonnettes. À ce signal connu, tous se blottissent dans leurs retraites ou s'élancent dans le lac. Ce dernier parti n'est nécessaire que quand ils sont attaqués par des hommes ; car leurs cabanes sont impénétrables pour tout autre ennemi.

C'est vers la fin de l'hiver que les mères font leurs petits. Bientôt après, les pères les quittent, pour aller à la campagne, jouir des douceurs et des fruits du printemps. De temps en temps ils reviennent à la cabane, comme pour visiter leur famille et voir si tout y va bien ; mais ils n'y séjournent point pendant cette saison. Les mères y demeurent, occupées à allaiter et soigner leurs petits, qui peuvent les suivre au bout de quelques semaines.

N'est-ce pas, mes chères enfants, une chose charmante à observer que cette industrie, cette bonne intelligence et ces mœurs douces et paisibles des castors? Examinons avant de les quitter si tout cela

ne nous offre pas quelque bonne leçon. Ce n'est sans
doute pas par raisonnement que ces animaux sont
laborieux, sobres et unis entre eux; c'est par un
simple instinct qui les y oblige, sans qu'ils s'en
doutent, comme l'hirondelle à faire son nid et le
lapin à creuser son terrier. Mais les fruits qu'ils
recueillent de leurs travaux, les commodités qu'ils
se préparent par leur industrie, les plaisirs faciles
que la sobriété leur procure, les douceurs qu'ils
goûtent dans leur union paisible, les services qu'ils
se rendent entre eux au moyen de cette bonne intelligence; tout cela ne nous apprend-il pas, à nous, à
qui Dieu a donné la raison, qu'il faut tâcher d'être
laborieux, industrieux, sobres et serviables? Ce que
le pauvre animal fait par instinct et nécessairement,
c'est à nous de le faire librement, volontairement et
par devoir. Ne rougissons pas de prendre exemple
des animaux, si cet exemple peut nous rendre meilleurs. Il est encore peut-être une des voies dont la
Providence se sert pour nous donner des avertisse-
ments salutaires. Il n'y a, d'ailleurs, de leçon hu-
miliante que celle dont on ne sait pas profiter.

La ville des fleurs et des parfums.

Bien que je n'aie pas eu l'intention de vous entretenir des diverses industries qui ont fait de si ma-
gnifiques progrès dans ce siècle, et dont l'énumé-
ration et l'explication auraient excédé de beaucoup
les limites de ce livre, je cède au désir de vous parler, en peu de mots, d'une industrie moins ambi-
tieuse, mais dont la matière est pleine de grâce et
de charme, et dont les résultats ne sont assurément
pas sans intérêt. Ce sujet ne sera pas ici déplacé,

car il semble tout naturel de parler de fleurs à la jeunesse, et surtout aux jeunes filles.

Dans cette belle partie de la France, où les sentiers sont bordés de myrtes et de grenadiers, où les ruisseaux et les rochers sont ornés de buissons de lauriers-roses en fleurs, où le soleil fait mûrir la pistache et l'orange, il existe une petite ville dont toute l'industrie est consacrée à la culture des fleurs odoriférantes et à la préparation des parfums. Grasse, qui s'élève au pied d'une chaîne de montagnes dont le sommet aride, sec et décharné, contraste avec la fraîcheur et la belle culture qui décorent et enrichissent sa base, Grasse se fait remarquer au loin par la hauteur de ses maisons qui sont peintes en dehors, et par la multitude de jardins, de terrasses, d'habitations champêtres dont cette ville est entourée, et où l'on cultive en grand, à l'ombre d'une forêt d'oliviers, les rosiers, la tubéreuse, le jasmin, la violette et l'œillet, pour le service des distillateurs et des parfumeurs de cette petite cité enveloppée d'une atmosphère embaumée.

Ce serait peu, cependant, si les environs, et le beau village de Cannet surtout, n'y apportaient point aussi leur tribut, et ne venaient pas y verser leurs corbeilles, remplies de la fleur de leurs grands orangers. Cette belle fleur, dont la blancheur a quelque chose de si pur et de si onctueux, dont l'odeur est si douce et si calmante, reçoit ici des soins tout particuliers. On la cueille et on la transporte la nuit, pour ne point altérer sa fraîcheur ; et l'on s'empresse d'en soutirer le parfum, en la soumettant, dans de grands vases en cuivre, à l'action de l'eau réduite en vapeur, qui la chauffe et ne la brûle jamais. Cette eau, chargée d'arômes, va se refroidir dans des tuyaux enroulés sur eux-mêmes, d'où elle s'écoule dans un vase ; puis on la recueille pour l'enfermer dans des flacons et des bouteilles de cuivre, que l'on expédie à l'autre bout du monde.

Les fleurs de la tubéreuse et celles du jasmin ne servent qu'à parfumer les pommades, et ces jolies petites pièces de savon qui rendent les mains douces et la peau blanche. On ne parvient à soutirer leur bonne odeur qu'à force de les mettre en contact avec de la graisse bien blanche ou avec de l'huile d'olive parfaitement pure. C'est ainsi que se prépare l'*huile antique*, dont on a fait honneur aux Athéniens.

Les essences communes de thym, de serpolet, de lavande, de fenouil, etc., sont préparées et distillées sur la montagne ou dans les bois, par de pauvres paysans qui transportent leurs petits alambics partout où il y a des fleurs, de l'eau et des broussailles pour faire du feu. On mêle les herbes avec de l'eau, on distille ; les essences étant plus légères que l'eau, viennent surnager ; on les recueille, et on les apporte à la ville des fleurs et des parfums, dont le commerce est immense, dont les produits traversent les mers, sont accueillis dans toutes les parties du monde, dans l'Orient même, si justement réputé pour la variété et la force de ses essences, de ses pastilles et de ses cosmétiques.

Les rues de Grasse ne sont pas toutes larges et bien alignées, mais à chaque instant l'on y est embaumé par le voisinage des fabriques et des jardins qui, joints aux belles eaux dont la ville est arrosée, donnent à l'air qu'on y respire un charme et une douceur que l'on chercherait vainement ailleurs. C'est probablement cette atmosphère habituellement parfumée qui attire dans la ville, sur sa belle terrasse et dans ses environs seulement, cette multitude de mouches phosphorescentes qui traversent l'air, comme de brillantes étincelles, pendant les belles soirées d'été, et qui occupent l'œil sans le fatiguer. Les enfants les poursuivent, les abattent facilement, et s'amusent à lire à la lueur de leurs jolies petites lanternes qui ont environ deux lignes de long.

Les flacons carrés et gaufrés destinés aux essences, les petits vases verts, bleus et violets consacrés aux préparations de l'amande amère, et jusqu'aux papiers élégants qui les entourent, se fabriquent dans la ville et les environs. C'est ainsi qu'une branche d'industrie n'est jamais isolée, et qu'elle se rattache presque toujours à beaucoup d'autres.

Reconnaissons encore, ici comme partout, qu'après la vertu, la chose la plus féconde, la plus noble et souvent la plus agréable en ce monde, c'est le travail.

L'Araignée.

L'araignée ! à ce titre, je vois d'ici mes lectrices faire la grimace, et j'entends même quelques-unes d'entre elles pousser une exclamation d'horreur. Pourquoi cela ? Parce que ce pauvre insecte est laid? Je dois convenir que les apparences ne sont pas en sa faveur. Un gros ventre dégoûtant, un vilain corps velu et de couleur sale ; une tête hideuse, armée de deux fortes pinces et garnie de huit yeux, placés diversement selon les différentes espèces; huit pattes d'une longueur démesurée, hérissées de poils et terminées par des crochets ; assurément tout cela n'est pas beau, et il n'y a pas de quoi prévenir en faveur d'un semblable animal. Mais toutes jeunes que vous êtes, n'avez-vous pas eu déjà quelque occasion de reconnaître qu'il ne faut pas juger légèrement sur les apparences ? Voici une nouvelle preuve de cette vérité, et c'est cette pauvre araignée, si laide et si disgraciée, qui va nous l'offrir.

L'observation des mœurs des insectes est féconde en sujets de contemplation; mais de tous ces animaux, il n'en est peut-être pas un qui mérite, plus que l'araignée, d'être observé et étudié. En la condamnant à vivre du fruit de ses rapines et du produit de la chasse qu'elle fait aux petits insectes ailés, celui qui a pourvu aux besoins de toutes ses créatures, a doué l'araignée d'une adresse, d'une finesse et d'une industrie qui lui sont plus utiles que ne le serait la force. Son corps est mal défendu, ses membres ont peu de vigueur; mais son génie inventif suffit pour la mettre à couvert, et pour lui procurer des moyens d'existence.

Vous avez toutes vu des toiles d'araignée. Il en est de formes très-diverses, et elles varient également par la nature de leur tissu. Chaque espèce de toile est l'ouvrage d'une espèce particulière d'araignée. Celle des jardins n'est pas comme celle des appartements, ni celle des appartements comme celle des caves. Mais tous ces ouvrages divers appartiennent toujours à des araignées, et ne sont autre chose que des réseaux qu'elles tendent ainsi pour arrêter les mouches au vol et en faire leur proie. Or il s'agit de savoir comment elles peuvent ourdir ces singulières trames.

Le corps de l'araignée est muni, dans sa partie postérieure, de quatre petits mamelons ou petites glandes, qui sont remplies d'une humeur gluante; l'extrémité de ces glandes est percée de petits trous, comme l'est la tête d'un arrosoir; et par ces trous sort une quantité prodigieuse de fils, si fins et si déliés que plusieurs centaines réunies ne forment encore qu'un fil très-mince.

Quand une araignée veut commencer sa toile, elle fait sortir d'un de ses mamelons une goutte de liqueur qu'elle applique contre un mur ou un arbre, et qui s'y colle. Elle s'éloigne ensuite, en faisant toujours sortir de la liqueur, qui se sèche promptement à l'air et forme un fil de soie ferme et solide. Elle en va coller le bout opposé à quelque autre endroit du mur ou à une autre branche. C'est ainsi que toutes commencent leur toile; mais toutes ne l'achèvent pas de la même manière. L'araignée des maisons revient sur ce premier fil pour en coller un second à l'endroit d'où elle est partie; puis elle retourne sur ses pas, et continue ainsi jusqu'à ce qu'elle en ait placé un certain nombre dans le même sens. Elle en pose ensuite en travers, et ces derniers, tandis qu'ils sont encore gluants, se collent aux premiers, de manière à former un tissu assez solide.

L'araignée des jardins et des bois, qui dispose sa toile au milieu des chemins et suspendue d'un arbre à un autre, semblerait avoir un bien plus grand travail à faire. Mais son industrie abrége la besogne. Elle attache un fil à une branche et s'y tient suspendue jusqu'à ce que le vent la pousse contre un autre arbre, où elle colle alors l'autre bout de son fil. Une fois ce pont établi, le plus fort du travail est fait; elle peut aller et venir, et elle construit cette toile, composée d'une multitude de cercles traversés par des rayons qui partent du même centre, et qu'à votre grand déplaisir sans doute, vous avez plus d'une fois emportée avec votre visage.

Dès que sa toile est construite, l'araignée se met en embuscade; celle des jardins au centre de la toile; celle des maisons, dans une petite niche qu'elle se fait avec des fils très-serrés. Puis elle attend patiemment. S'il ne vient point de gibier, elle s'en passe, car elle peut rester fort longtemps sans manger. Mais aussitôt qu'une mouche se prend dans la toile, l'araignée accourt et la saisit. Quand c'est une très-petite mouche, elle l'emporte tout bonnement dans sa retraite pour la sucer et la manger. Si la mouche est assez forte pour pouvoir se débattre, l'araignée commence par l'envelopper et la garrotter de fils. Enfin, si l'insecte tombé dans la toile est plus gros qu'elle, et capable de lui résister, l'araignée se hâte prudemment de l'aider à se dégager, en rompant des fils qu'elle raccommode ensuite avec beaucoup d'habileté. Cependant lorsque la toile est trop endommagée, elle l'abandonne et s'occupe d'en faire une autre. Chaque araignée est pourvue de matière à soie suffisante pour construire six à sept toiles pendant sa vie.

Les araignées, comme les autres insectes, pondent des œufs, d'où naissent leurs petits. Elles en prennent un soin extrême, et les enveloppent dans une coque qu'elles font avec des fils serrés, et où leurs œufs se trouvent placés mollement, comme sur un véritable édredon, à l'abri de tout accident naturel. Quelques espèces veillent assez longtemps sur leurs petits, lorsqu'ils sont éclos, et on voit la mère les porter habituellement sur son dos.

L'industrie de ces petits animaux est merveilleuse sans doute; mais on ne saurait dire si elle n'est pas encore surpassée par celle d'une espèce d'araignées qui ne file pas de toiles. Celles-ci vivent dans la terre et sont appelées *mineuses*. Elles se creusent un petit terrier pour demeure ; et avec de la terre elles construisent une petite porte qui s'adapte à l'entrée du terrier, et qui s'ouvre et se ferme au moyen d'une sorte de charnière fort adroitement posée.

Tel est, mesdemoiselles, cet insecte contre lequel vous vous êtes souvent indignées, et dans lequel vous voyez qu'il faut, malgré sa laideur, admirer une des œuvres merveilleuses de la création. Que de ressources et d'industrie dans ce petit être qui semble si disgracié ! Oh ! ne nous révoltons jamais contre aucun des objets qui sont sortis de la main de Dieu. Dieu sait pourquoi il a fait chaque chose, et tout ce que Dieu a fait est bon.

C'est un préjugé qui est cause, en partie, de l'horreur qu'inspirent les araignées. Beaucoup de personnes croient que ces insectes sont venimeux ; il n'en est rien, au moins dans nos climats. La piqûre de quelques grosses espèces, qui vivent dans les pays chauds peut, dit-on, causer des accidents ; mais les araignées des contrées tempérées sont fort innocentes. Je ne prétends pas qu'il faille les caresser comme des bijoux, mais c'est une faiblesse de les redouter, et un ridicule de se sauver en criant quand on en aperçoit une.

Les Abeilles.

Voici un autre petit animal dont l'histoire est bien intéressante, et nous offre plus d'un bon exemple de travail, d'économie, d'ordre, de régularité, de respect, d'assistance mutuelle, et de beaucoup de bonnes choses.

Il n'est aucune de vous qui n'ait vu des ruches et des abeilles ; mais vous n'avez pas pu examiner de près cet insecte, parce qu'il ne se laisse pas prendre, comme les mouches ordinaires, sans se défendre. Je vais donc d'abord vous en faire la description.

L'abeille, ou mouche à miel, a une bouche armée de mandibules ou petites mâchoires, et renferme une langue ou sorte de trompe, qui lui sert à aspirer la substance des fleurs. Son petit estomac est organisé de manière à convertir en cire et en miel les sucs qu'elle a ainsi pompés et avalés. Dans la partie inférieure de son corps est un aiguillon, qu'elle en fait sortir à volonté et qui sert à sa défense.

On connaît différentes espèces d'abeilles, mais je ne veux vous parler que de l'abeille domestique qui travaille dans des ruches que nous lui préparons. Une ruche renferme de quinze à dix-huit mille abeilles, qui tirent toutes leur origine d'une même mère. Cette mère, qu'on appelle la Reine, est l'objet d'une grande vénération et des soins les plus empressés de la part de toutes les autres, comme nous le verrons plus tard. Examinons d'abord les travaux qui s'opèrent dans la ruche.

Le nid que se composent les abeilles est formé de petites cellules de cire, dans la construction desquelles ces insectes ont résolu un problème qui eût fort embarrassé beaucoup de savants. Ce problème consistait à construire avec le moins de matière possible, dans le plus petit espace possible, le plus grand nombre possible de cellules, propres à contenir chacune le corps d'une abeille. Toutes ces conditions se trouvent admirablement remplies par le travail de ces petits animaux. Chaque cellule est une sorte d'étui à six côtés parfaitement réguliers. Elles sont adaptées les unes aux autres comme les pavés d'un carrelage, de manière à ne laisser aucun vide, et à ne point perdre de place. Deux rangées de ces cellules qu'on nomme *alvéoles*, sont appliquées l'une contre l'autre par le fond, et forment ce qu'on appelle un *rayon.* Cette disposition ménage encore de la place dans la ruche. Les cloisons des alvéoles sont si minces, qu'elles pourraient être endommagées par le passage fréquent des insectes ; mais ceux-ci ont la précaution de les garnir, à l'entrée, d'un petit bourrelet qui leur donne une solidité suffisante.

Pour observer le travail des abeilles, on a imaginé de faire des ruches de verre ; mais elles sont en si grand nombre et agissent avec tant d'empressement et de vivacité, qu'il est fort difficile de distinguer leurs opérations individuelles. On sait seulement qu'elles n'ont pas d'autre instrument que leurs mandibules, pour bâtir leurs cellules, les ajuster et les polir. C'est avec la poussière des étamines des fleurs, qu'elles composent la cire dont les alvéoles sont formés. Celles qui vont recueillir cette matière, se roulent dans le sein des fleurs, dont la poussière s'attache à leur corps. Elles la ramassent ensuite avec leurs pattes dans deux petites cavités, ou sortes de cuillers garnies de poil, qui tiennent à leurs pattes de derrière. Ainsi chargées, elles retournent à la ruche. En les voyant arriver les autres vont au-devant d'elles et avalent la poussière qu'elles ont recueillie. Cette poussière, dans leur estomac, se change en cire ; elles la dégorgent et lui donnent ensuite la forme convenable.

C'est une chose merveilleuse que l'activité et la sagacité des abeilles lorsqu'il s'agit de construire une ruche nouvelle. Elles commencent par la visiter partout, afin de s'assurer qu'il ne s'y trouve aucun jour, par où d'autres insectes puissent s'y introduire. S'il en existe, elles les bouchent avec soin, au moyen d'une sorte de glu qu'elles vont recueillir sur les arbres. Elles jettent ensuite les fondements des rayons, qui sont disposés par étages, de manière à

laisser des intervalles pour le passage de deux
abeilles de front. Tandis que les unes vont chercher
les matériaux, comme je viens de le dire, les autres
façonnent la cire en alvéoles. On les voit frapper la
cloison avec leurs mandibules, comme avec une
truelle de maçon, puis la gratter pour la polir et
pour n'y laisser que la quantité de cire nécessaire.
Elles ont soin de recueillir celle qu'elles enlèvent
dans cette dernière opération, afin que rien ne soit
perdu. Aussitôt que l'une est fatiguée, elle est rem-
placée par une autre. Il n'est pas d'atelier où le travail soit mieux distribué, et où l'on s'entende aussi
bien.

Ces alvéoles servent, les unes de demeures, et les
autres de magasins aux abeilles. Elles y amassent
leurs provisions de miel pour l'hiver et pour les
jours d'été où le temps ne leur permet pas de sortir. Le miel se forme dans leur estomac, du suc des
fleurs qu'elles pompent avec leur langue. Elles vont
de fleur en fleur, jusqu'à ce que leur estomac soit
rempli, puis elles retournent à la ruche et dégorgent
leur provision dans une cellule. Il arrive quelquefois qu'une abeille ainsi chargée, en rencontre une
autre affamée. On ne sait comment elles peuvent
s'entendre, mais le fait est que toutes les deux s'arrêtent, et que la seconde va pomper avec sa langue
une partie du miel que la première a dans son estomac. D'autres fois, celle-ci, au lieu de déposer sa
provision dans la ruche, la donne immédiatement
de la même manière, à celles qui travaillent, afin
qu'elles ne soient pas obligées d'interrompre leurs
travaux, pour aller elles-mêmes chercher leur nourriture.

Quand les abeilles ne peuvent pas sortir, elles se
nourrissent avec le miel qu'elles ont amassé; mais

elles n'y touchent jamais tant qu'il leur est possible d'aller se repaître au dehors. Nous devons leur savoir gré de cette économie, au moyen de laquelle nous profitons de leur immense superflu. Les cellules destinées à conserver le miel pour l'hiver sont toujours fermées d'une légère plaque de cire.

C'est au printemps et à l'automne qu'on enlève aux abeilles une partie de cette provision, en s'y prenant comme je vais le dire.

On a imaginé des ruches de toutes sortes de formes, depuis qu'on s'occupe d'élever des abeilles et qu'on recueille le fruit du travail de ces petits animaux. Il y a longtemps que cet art est connu. Les anciens patriarches mangeaient du miel, et faisaient grand cas de cette nourriture, aussi saine et salutaire qu'elle est agréable. Les abeilles du mont Hymète, voisin d'Athènes, avaient chez les Grecs une réputation dont le souvenir s'est conservé jusqu'à nous. Le plus illustre des poëtes latins, Virgile, n'a pas dédaigné de consacrer à ces précieux insectes un chant tout entier de l'un de ses poëmes. De notre temps enfin, les personnes qui se livrent par goût ou par nécessité aux travaux de la campagne, ont souvent étudié les moyens de tirer le meilleur parti possible de l'industrie des abeilles. Je n'ai pas l'intention de vous entretenir de ces expériences, ni de vous donner la description de toutes les espèces de ruches qu'on a inventées ; nous n'en finirions pas. Il est bon que vous sachiez seulement que toutes sont construites de manière que la partie supérieure peut s'enlever, afin de mettre l'intérieur à découvert, et d'en retirer une certaine quantité de rayons remplis de miel. Pour faire cette opération, on a soin de se couvrir le visage d'un masque en grillage assez serré pour que les abeilles ne puissent pas le pénétrer ; on se munit

de gants, et on s'habille de vêtements assez épais
pour ne pas craindre les aiguillons. Vous concevez
que ces précautions sont nécessaires, car ces pauvres
petites bêtes, fort inoffensives lorsqu'on ne les dé-
range point, ne voient pas avec plaisir qu'on leur
enlève des provisions qu'elles ont pris tant de peine
à amasser. Aussi cela cause-t-il un grand désordre :
toute la ruche est furieuse, et les gants de celui qui
la dégarnit sont ordinairement chargés de milliers
d'aiguillons. Cependant, il est vrai de dire que c'est
rendre service aux abeilles que de leur ôter une partie de leur miel, parce qu'une ruche trop pleine devient malsaine, et que la trop grande abondance de
provisions rend les insectes paresseux. Mais il faut
mettre de la discrétion dans la récolte que l'on fait.
Cela est surtout nécessaire à l'automne ; car les
mouches ne peuvent pas travailler dans cette saison,
pour réparer leur perte, et on les ferait périr en ne
leur laissant pas assez de provisions pour l'hiver,
ou bien on serait obligé de les leur rendre.

Les rayons qu'on retire de la ruche sont compo-
sés de cellules de cire remplies de miel. On fait dé-
couler le miel, qui est d'autant meilleur que les
abeilles ont eu à leur disposition les fleurs qu'elles
aiment le mieux, et au nombre desquelles le thym
figure en première ligne. La cire préparée et tra-
vaillée est employée à divers usages dont plusieurs
vous sont connus, entre autres à faire des bougies et
des cierges.

Je vous ai dit que l'abeille mère, ou la reine,
était l'objet d'une grande vénération de la part de
toute la famille, ou, si vous voulez, de tout son peuple. Elle est, en effet, constamment entourée d'une
petite cour, qui n'est occupée que d'elle, de ses besoins, de sa sûreté. Elle ne travaille point, mais sa

présence est nécessaire pour que les autres travaillent. Si elle vient à mourir, tous les travaux cessent ; les sujets orphelins n'ont plus de courage, ne s'entendent plus et se dispersent. Mais si l'on se hâte de leur donner une nouvelle reine, tout rentre dans l'ordre, la joie renaît, le travail recommence. L'espérance seule suffit pour relever le courage de ce peuple ailé ; ainsi qu'on l'a éprouvé, en mettant, dans une ruche privée de sa reine, la simple chrysalide d'une autre mère abeille. Partout où sera transportée la reine, tout l'essaim la suivra, et rien ne sera capable de la lui faire abandonner. On a essayé de couper les ailes d'une reine et de la placer dans un lieu où les abeilles ne pouvaient pas subsister ; toutes sont mortes autour d'elle, et elle a succombé elle-même au milieu de ses sujets fidèles.

Lorsqu'une ruche se trouve trop peuplée, elle envoie au dehors un essaim qui part, guidé par une jeune reine, et qui va fonder ailleurs une colonie. Au moment du départ, tout est en agitation dans la ruche ; on entend un bourdonnement extraordinaire, puis on voit tout à coup les abeilles sortir précipitamment et prendre leur essor. Le nouvel essaim s'abat ordinairement sur quelque arbre, à une distance plus ou moins grande de la ruche d'où il est parti. Il se groupe tout entier autour de sa jeune reine, et forme comme une masse suspendue. On le recueille en plaçant au-dessous une ruche, dans laquelle on fait tomber les abeilles, qu'on étourdit pour cela avec un peu de fumée.

J'ai déjà parlé du soin que mettent les abeilles à visiter leur nouvelle ruche, afin de s'assurer qu'aucun insecte étranger ne peut s'y introduire. Elles ont, en effet, grand intérêt à ne pas se laisser visiter par des paresseux et des gourmands. Cela arrive

cependant quelquefois, malgré toutes leurs précautions. Mais alors, malheur à celui qui a pénétré dans
la demeure du peuple laborieux. Il est assailli et mis
à mort sans pitié, puis on le traîne et on le jette hors
de la ruche. Mais si l'animal est trop gros pour être
ainsi traîné, on l'enduit de glu pour qu'il ne puisse pas
infecter l'habitation, et on le laisse ainsi collé dans
un coin. Quand c'est un limaçon, les abeilles ne se
donnent pas la peine de l'enduire en entier, et elles
se contentent de boucher très-exactement l'ouverture
de sa coquille ; car elles ne sont pas moins économes
que laborieuses, et elles n'emploient jamais temps
ni matière inutilement.

Les abeilles ont pour ennemis cruels la guêpe et
le frelon, qui sont armés de mandibules très-acérées,
avec lesquelles ils ouvrent l'estomac de leur victime,
pour y sucer le miel qu'il contient. Certains oiseaux,
et surtout les moineaux, en sont aussi très-friands.
Mais ce qui est le plus à redouter pour une ruche
approvisionnée, c'est l'invasion d'un essaim affamé
qui vient quelquefois fondre sur elle. Cet ennemi est
le plus terrible de tous, parce qu'il connaît très-bien
la place, et les moyens, et le moment propice pour
l'attaquer. Il se livre alors des combats à mort, dans
lesquels un grand nombre d'insectes succombent,
en montrant un courage héroïque.

Tels sont, mes enfants, les faits les plus intéres-
sants que je désirais vous faire connaître sur ces
merveilleuses petites nations d'insectes. Je ne veux
pourtant pas terminer sans ajouter qu'ils sont très-
susceptibles de recevoir une éducation indépendante
de leurs travaux habituels : et voici ce que j'ai lu à
ce sujet.

Une personne qui a fait beaucoup d'observations
sur les abeilles, M. Wildman avait apprivoisé un es-

saim qui venait se poser sur lui et couvrir tout son
corps, sans jamais lui faire aucun mal. Il avait appris aux abeilles à faire l'exercice; il les divisait sur
une table en bataillons, en compagnies, et les faisait obéir à différents signes. Il n'y avait rien de
plus comique que de voir tous ces petits animaux
se mettre en mouvement au commandement de
Marche! et avancer par pelotons, comme des soldats, sans sortir de leurs rangs. On pouvait les observer sans crainte; ils étaient dressés à n'offenser
personne.

En songeant à toutes les qualités de ces petites
bêtes, admirons d'abord cette merveille de la création, cette sagesse et cette bonté de la Providence
à l'égard de ses moindres créatures; et disons-nous
qu'il serait bien humiliant pour nous de n'être pas
aussi laborieux, prévoyants, dociles, réguliers, unis
et bienveillants les uns envers les autres, que de
pauvres insectes qui n'ont ni la raison ni le libre arbitre que Dieu nous a donnés.

Paroles de l'Écriture touchant les femmes.

Jeunes filles, qui êtes destinées à devenir des
femmes et des mères de famille, écoutez et gravez
bien dans votre mémoire, pour les y retrouver plus
tard, les conseils que Dieu vous a donnés lui-même
par la bouche de ceux à qui son esprit a inspiré la
sainte écriture. On lit dans le livre de l'Ecclésiaste :

« Le mari d'une femme qui est bonne, est heureux; car le nombre de ses années se multipliera
au double.

« La femme forte est la joie de son mari, et elle lui fera passer en paix toutes les années de sa vie.

« La femme vertueuse est un excellent partage ; c'est le partage de ceux qui craignent Dieu, et elle sera donnée à un homme pour ses bonnes actions.

« Qu'ils soient ou riches ou pauvres, ils auront le cœur content, et la joie sera en tout temps sur leurs visages.

« La méchante femme est comme le joug où on lie les bœufs pour leur faire traîner la charrue ; celui qui la tient avec lui est comme un homme qui prend un scorpion.

« L'agrément d'une femme soigneuse sera la joie de son mari, et elle répandra la vigueur jusque dans ses os.

« La bonne conduite de la femme est un don de Dieu.

« Une femme de bon sens est amie du silence : rien n'est comparable à l'âme bien instruite.

« La femme sainte et pleine de pudeur est une grâce qui passe toute grâce.

« Tout le prix de l'or n'est rien au prix d'une âme vraiment chaste.

« Comme le soleil se levant dans le ciel, qui est le trône de Dieu, orne le monde, ainsi le visage d'une femme vertueuse est l'ornement de sa maison.

« L'agrément du visage dans un âge mûr, est comme la lampe qui luit dans le chandelier saint.

« La femme posée demeure ferme sur ses pieds, comme des colonnes d'or sur des bases d'argent.

« Les commandements de Dieu sont dans le cœur de la femme sainte, comme un fondement éternel sur la pierre ferme.

« Celui qui a une femme vertueuse commence à établir sa maison ; il a un secours qui lui est semblable, et un ferme appui où il se repose.

« Il est bon de tenir tout sous la clef lorsqu'on a une méchante femme.

« La fille prudente sera un héritage pour son mari ; mais celle dont la conduite fait rougir sera le déshonneur de son père.

« La femme hardie couvre de honte son père et son mari ; et elle sera méprisée de l'un et de l'autre.

« Il n'y a point de tête plus méchante que la tête du serpent,

« Ni de colère plus aigre que la colère de la femme. Il vaut mieux demeurer avec un lion et avec un dragon, que d'habiter avec une méchante femme.

« La malignité de la femme lui change tout le visage : elle prend un regard sombre et farouche comme un ours, et son teint devient noirâtre comme un vieux sac.

« Son mari se plaint au milieu de ses proches, et entendant ce qu'on dit de sa femme, il retient ses soupirs.

« Toute malice est légère au prix de la malice de la femme ; qu'elle tombe en partage au pécheur.

« La méchante langue d'une femme est à un homme paisible, ce qu'une montagne sablonneuse est au pied d'un vieillard.

« La mauvaise femme est l'affliction du cœur, la tristesse du visage et la plaie mortelle de son mari.

« Trois choses plaisent à mon esprit, qui sont approuvées de Dieu et des hommes :

« L'union des frères ; l'amour des proches ; un mari et une femme qui s'accordent bien ensemble. »

FIN.

TABLE DES MATIÈRES.

DEUXIÈME PARTIE.

FIN.

TABLE MÉTHODIQUE DES MATIÈRES

CONTENUES DANS LA PREMIÈRE ET LA DEUXIÈME PARTIE.

Cette table est destinée à faire retrouver facilement aux personnes qui dirigent les études des jeunes filles, les sujets appropriés aux leçons qu'elles veulent donner, dans tel moment, à leurs élèves.

FOI. — PIÉTÉ. — PRIÈRE. — CONFIANCE EN DIEU.

CULTE DE LA SAINTE VIERGE ET DES SAINTS.

HUMILITÉ. — MODESTIE.

FIN DE LA TABLE MÉTHODIQUE.

Coulommiers. — Imprimerie de A. MOUSSIN.

Petit-Jean, livre de lecture courante; par M. CH. JEANNEL, professeur près la Faculté des lettres de Rennes, quatrième édition refondue. 1 très-fort volume in-12. Prix, cart.   1 fr. 50 c.

Ouvrage approuvé par le Conseil de l'Instruction publique, par NN. SS. les évêques de Rennes et de Poitiers, et qui a obtenu une mention honorable de la Société d'instruction élémentaire de Paris.

« Nous devons remercier M. Jeannel pour le service qu'il vient
« de rendre à l'instruction primaire par la publication de son ou-
« vrage; *Petit-Jean* est, sans contredit, l'un des meilleurs livres de
« lecture courante qui aient été publiés depuis longtemps; aussi
« nous ne saurions trop en conseiller l'emploi dans toutes les écoles
« sans exception.

                « J.-J. RAPET. » *L'Éducation*, juillet, 1853. »

La France, *livre de lecture courante pour toutes les écoles*. Aspect. — Géographie. — Histoire. — Administration. — Agriculture. — Industrie. — Commerce. — Grands hommes. — Hommes utiles. — Notions diverses; par MM. E. MANUEL, agrégé des classes supérieures, professeur au lycée Bonaparte, à Paris, et E.-L. ALVARÈS, professeur de littérature. 4 volumes in-12 qui se vendent séparément. Prix de chacun.   1 fr. 05 c.

Un livre qui résume avec clarté sous une forme simple et familière, la plupart des notions indispensables, en les rattachant à la France, en faisant de toutes ces notions un corps dont la France serait l'âme, un livre enfin qui élève dans des proportions modestes sans doute, une sorte de monument à l'honneur du travail et à la gloire du pays, ne saurait manquer d'être introduit dans les écoles pour y servir de livre de lecture courante et être préféré à ces livres de fantaisie, pleins de moralités niaises et sans portée.

La Sagesse du Hameau, entretiens d'un aïeul et de ses petits-enfants sur la famille, l'autorité paternelle, le travail, la propriété, les riches et les pauvres; par M. J.-J. PORCHAT, ouvrage propre à la lecture courante dans les écoles primaires. 1 vol. in-18. Prix, cart.   » fr. 60 c.

Trois mois sous la Neige, Journal d'un jeune habitant du Jura, ouvrage destiné à servir de livre de lecture courante dans les écoles primaires; par M. J.-J. PORCHAT. 1 vol. in-18. Prix, cart.   » fr. 60 c.

Ouvrage qui a obtenu de l'Académie française un prix de 1,500 fr. comme un des ouvrages les plus utiles aux mœurs, et autorisé par le Conseil de l'Instruction publique.

Les Colons du Rivage ou Industrie et Probité, suivis de deux nouvelles; par J.-J. PORCHAT, ouvrage destiné à servir de livre de lecture courante dans les écoles primaires. Troisième édition. 1 vol in-12. Prix, cart.   » fr. 80 c.

            Ouvrage autorisé.

Coulommiers. — Imprimerie de A. MOUSSIN.

www.ingramcontent.com/pod-product-compliance
Lightning Source LLC
Chambersburg PA
CBHW070847030726
47504CB00005B/1255